世界幻妖草子

ミュリエル・チュルヒャー 文
橋 賢亀 絵
岡田 好惠 訳

評論社

CRÉATURES
LEGENDÉS & MYSTÈRES

世界幻妖草子

ミュリエル・チュルヒャー

橋 賢亀 絵　　岡田好惠 訳

評論社

目　次

1892年夏──ロンドン郊外の村はずれ

8月の蒸し暑い夕暮れどき。村の入り口に、一人の少年が現れた。

少年の名はマティアス。14歳の旅芸人だ。

あたりは薄暗く、しんと静まり返っている。ここ数日の猛暑に負けて、村人たちはみな、家にひっこんでいるらしい。

マティアスが、ふいに声を上げた。

「聞こえたか？　ザルビーノ！　馬車の音だ」

マティアスの上着のえり元から、くりくりした目の子ザルが顔を出す。子ザルはマティアスの髪をつかみ、さっと頭の上によじのぼった。

豪華な4頭立ての馬車が3台、突進してくる。マティアスは思わず後ずさりした。窓はすべてカーテンで覆われ、黒いマントと黒い帽子の御者がついている。3台の馬車は、ぞくぞくするような冷気を放ちながら、あっというまに、マティアスたちの前を通過した。

（なんだ、この冷気は!?）

マティアスは身ぶるいし、次の瞬間、まゆをひそめた。

右のポケットに、いつのまにか、紙切れが1枚入っている。

「貴殿の芸にて、客をもてなしたく、8月14日の日没までに、
わがカーファクス城へ、来られたし。食事と宿舎は当方で用意いたす。
ドラキュラ伯爵」

　３台の馬車が、村の上の丘にそそり立つ城の中庭へ入るのが見えた。

　城のよろい戸はすべており、前庭には雑草が生え放題だ。

「あそこがカーファクス城か？　客は全員、幽霊だったりしてな」

　マティアスはため息をつき、子ザルの頭をなでた。村の広場には、聖母マリア像をのせた山車が置かれている。近々、村祭があるらしい。

　パン屋の前を通りかかると、

「ちょっと、あんた！　どこへ行くつもりだい？」

　ころころ太ったおかみさんが、声をかけてきた。

「カーファクス城だよ」

　マティアスが答えると、おかみさんは身ぶるいして、十字を切り、

「おやめ。あんなところへ、行っちゃいけない」

　と繰り返す。なぜかと聞いても、けっして答えようとしない。

「ぼくは、行くよ。仕事をもらったんだからね」

　すると、おかみさんは小さな丸パンをひとつ、差し出した。

「これをもっておいき。うちの亭主が皮に十字架を焼きつけて、司祭さまにお清めもしていただいた。いざとなったら、使うんだよ」

　マティアスは、ちょっとうなずくと、ポケットにパンを突っこみ、店を出た。ぐずぐずしては、いられない、日没はもうすぐだ。

　長い坂をのぼると、カーファクス城の玄関が見えてきた。マティアスは足を速めた。どこかから、オオカミの遠吠えが聞こえてくる。

　大きなノッカーをたたくと、厚い木の扉が開き、執事が出てきた。

「例の旅芸人か」

　執事は低い声で言った。

　青い顔で、がりがりにやせこけ、この暑いのにえり巻きをしている。まるで幽霊みたいだ。マティアスはぞっとした。

　執事はしずかに扉をしめ、ポケットから鍵をとりだしてかけると、

「入れ」

　マティアスを手招きした。

　マティアスは息を飲んだ。

　廊下を飾る、精巧に織られた壁掛け。すばらしい絵画。高い天井から下がる、きらめくシャンデリア！　城の中は、荒れ果てた外見からは想像もつかない豪華さだ。

「この部屋を使うがいい。夕食が整ったら知らせる」

執事はドアをしめ、音もなく立ち去った。マティアスは、さっそく、香水をふりまいた豪華な天蓋つきのベッドに横たわった。いつも泊まる安宿の、わらのベッドとはなんという違いだろう。

子ザルのザルビーノは、ドレッサーに腰かけ、小さな金色の鍵をてのひらにのせて、遊んでいる。マティアスはすぐにたしなめた。

「このいたずら子ザル！　何度言ったら、わかるんだよ。盗みはだめ。執事をさがして、鍵を返してこい」

　子ザルのザルビーノはベッドに飛び移り、両手で耳をおおって、くるりと体を丸めた。マティアスは、ついほおをゆるめた。

「そうか、そうかよ！　ぼくが行って、謝ってこいって言うんだな」

　だが、いくら探しても、執事も城主も姿が見当たらない。廊下にも、大広間にも客室にも人影はない。マティアスはだんだん、こわくなってきた。城のあちこちから奇妙な音が聞こえてくる。まるで城全体が、よそ者を追いだそうとしているようだ。

（こわくない、こわくないぞ）

　と自分にいいきかせ、1階の美術品陳列室へ向かう。すると、執事がやってきた。マティアスは、すばやく戸の陰にかくれてようすをうかがった。執事の首に、えり巻きがない。のどに二つ穴があき、真っ赤な血がしたたり落ちている。執事はドアをあけると次の間へ消えた。

　マティアスはすぐ、あとを追った。執事がかくし戸をあけ、せまいらせん石段を降りだした。目の前に円形の広々とした地下墓地が開けた。その中央に、ひつぎが一つ。だれのひつぎだろう？

　マティアスは墓石のあいだをぬって、こわごわ、近づいていった。ひつぎのまわりは、悪臭に満ち、ろうそくの煙がたちこめている。マティアスは遠くからひつぎの名を、なんとか読みとった。

（ドラキュラ伯爵!?　ぼくの雇い主の名前じゃないか！）

　すると、執事が、ひつぎに向かって、ささやきだした。

「ご主人さま、夜も更けました。お目覚めください。わたくしのほかにも、血をさしあげられる者がやってまいりましたよ」

　ひつぎの中から、1本の手がすっと上がった。

　マティアスはふるえながら、らせん階段に突進した。階段をかけのぼると、息を切らして、自分の部屋をめざした。

（逃げるんだ！　ザルビーノと一刻も速く！　今逃げ出さなければ、体じゅうの血を吸いつくされて、殺される！）

　マティアスは小ザルを抱きかかえて、部屋を飛び出した。またもや城のあちこちがきしみ出す。オオカミの遠吠えも聞こえてきた。

　マティアスと子ザルが必死で、玄関までたどり着くと、

「ご苦労。そこまで」

　どこからともなく、執事の声がした。マティアスは思わず振り向き、

あっと声を上げた。

素晴らしいマントをはおった大男が、背後に立ちはだかっている。真っ赤なくちびる、真っ青な顔。冷酷な目、不気味な笑い……。

「親愛なる友よ、食事をともにしようではないか」

不気味な大男は呼びかけた。マティアスは、魅入られたように、広間へついていった。テーブルの上には、ずらりとご馳走が並んでいる。上等な肉、魚、果物、野菜、そしてパン。

ふだんのマティアスなら、さっそく飛びついて、あっというまにたいらげたことだろう。だが、こんな怪物が前にいては、味わうどころではない。豪華な料理も、のどを通らない。せっかくのデザートを断り、ドラキュラ伯爵を、恐ろしそうに見つめた。

（こいつは、ぼくをどうするつもりなんだ？）

そのとき、伯爵がふいに立ち上がり、1本の指で重い鉄のスープ鍋を軽々と持ち上げた。マティアスの背筋に、冷たいものが走った。

ドラキュラ伯は、2本のきばをむきだし、にんまりと笑った。

マティアスは、はっとした。

（こいつ、血を吸おうとしている！　ぼくの血を、一滴残らず！）

吸血鬼が、テーブルからぐっと身を乗り出した。

マティアスはすくみあがった。耳が鳴り、心臓が激しく打つ。こんな恐怖は、生まれて初めてだ。マティアスの目が伯爵の巨大なきばに釘づけになった。吸血鬼ドラキュラ伯爵は、目を吊り上げ、

「さて、親愛なる友よ。この食事のお返しをしていただこうかな」

ささやくように言うと、驚くべきすばやさでテーブルを乗り越え、マティアスに襲いかかってきた。

マティアスは、あわてて逃げ出した。だがあっというまに、後ろからえり首をつかまれた。恐ろしい吸血鬼の横顔が、首に向かってくる。ぐわっとあけた、赤い大きな口と2本のきば！

（ああ、もうおしまいだ）

マティアスの全身から力がぬけ、両手がだらりとさがった。そのとき右手の指が、ポケットの上から何かにふれた。小さくて、かたくて丸いパンだ！　パン屋のおかみさんがくれた、あの丸パン！　マティアスはすばやくポケットをさぐり、パンに焼きつけられた十字架を吸

　血鬼につきつけた。吸血鬼ドラキュラ伯爵は、恐ろしい悲鳴を上げ、マティアスを放り出すと、両手で目をおおい、くずおれた。

　マティアスはすかさず、玄関の扉をめざす。子ザルのザルビーノがドアノブに飛びつき、鍵穴に鍵を差しこんだ。マティアスは急いで鍵をあけ、子ザルのザルビーノを抱きしめて、まっ暗闇のなかに飛び出した。

「うわっはは！　このわたしから、逃げられると思っているのか？」

　マティアスは、思わず振り返った。城の窓から、巨大なこうもりに変身したドラキュラ伯爵が、翼をはためかせて追ってくる。

　マティアスは、坂道をころがるようにかけおりた。

　バサバサというはばたきの音が、しつこく追いかけてくる。

「恐怖におびえる獲物の血は、また美味なものよ！」

　吸血コウモリが、マティアスの首の後ろに襲いかかろうとする。

　そのとき、ふいに教会の鐘が鳴りだした。

「くそ……12時の鐘だ。日が替わる」

　吸血鬼がうめいたすきに、マティアスは、急いで広場の山車の下にもぐりこんだ。やがて教会の鐘が鳴り終わると、硫黄のにおいがする息が首をかすめ、足にかかった。

　あたりの空気をゆるがすような、ものすごい叫び声が聞こえた。この世のものとも思えない吸血鬼の叫び。獲物を取り逃がした吸血鬼の怒りといらだちの叫びだ。マティアスは、聖母像にかくれて、両手で耳をおおった。

　マティアスは、ふるえる子ザルのザルビーノを抱きしめ、聖母像の下で一夜を過ごした。そのあいだにも吸血鬼はしつこく回りを飛び回り、すきを狙って、とびかかろうとするのだ。

　少しでも動けばつかまる！　マティアスは必死で耐えた。

　朝日の光が差したとたん、吸血鬼は姿を消した。

　マティアスは山車の下からはいだすと、よろめきながらパン屋をめざし、店の戸をがんがん、叩いた。

　出てきたおかみさんが、あっと息を飲んだ。

　マティアスの黒髪は、一夜で真っ白になっていた。

＜ふしぎ通信＞

カーファクス

カーファクス城は、ドラキュラがトランシルバニアの古城に住んでいたとき、ロンドン郊外、テームズ川の北にある城と敷地を買い、内部を改装したということになっています。もちろん、地図を探しても、こんな土地は出てきません。ドラキュラ伯もこのお城も、作者ブラム・ストーカーの想像の産物だからです。

吸血鬼の黄金期

ヨーロッパに、吸血鬼伝説が普及したのは18世紀のこと。よく知られているのは、アーノルド・パオルという人物の話です。パオルは吸血鬼に血を吸われたことがあると妻に告白し、そのすぐ後に死にました。それから2年、村では老若男女が次々と血を吸われて死ぬという事件が起きます。村人たちはパオルの妻の告白を聞き、これは吸血鬼がパオルの姿を借りて、襲ってきたに違いないと思いました。みんなして墓に行き、パオルのひつぎをあけると、生きたままのような姿の遺体が、ふいに立ち上がったのです。勇気ある者が、心臓に杭を打ちこむと、遺体から鮮血が溢れだし、恐ろしい悲鳴とともに吸血鬼は息絶えたと伝えられています。

吸血鬼に関する言い伝え

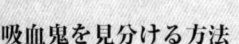

吸血鬼を見分ける方法

吸血鬼は——
●昼間はひつぎのなかか、天井から逆さに吊り下がって眠る。
●日光をこわがる。
●怪力の持ち主で、風や雨や嵐を呼ぶことができる。
●鏡に姿が映らない。

吸血鬼から身を守るには？

●家の窓辺や戸口に、にんにくを吊るす。首の回りにかけても効果あり。
●十字架や、聖水をかけたり、聖別された物をつきつけると退散する。それでも、殺すことはできない。
●吸血鬼を完全に殺すには、焼き捨てるか、心臓に杭を打ちこむこと。

吸血鬼のモデル

　作家のブラム・ストーカーは、ドラキュラのモデルに、15世紀のワラキア（現在のルーマニア）君主ブラッド3世を選びました。ブラッド3世は残酷な王として有名でした。ターバンを着けずに謁見に臨むと、即座に頭に釘を打つよう命じ、敵を串刺しにしたと伝えられています。ブラッド王の父は、ドラゴン勲章の騎士ドラキュル。作家は語尾を息子をあらわす＜ア＞に替え、ドラキュラと命名しました。ドラキュル王の息子で、残忍なドラキュラ伯というわけです。

プラハ（ラビ・レーブの妻の日記から）

ユダヤ暦5340年アダル月24日（1580年3月21日）

　日記よ、今年もペサハ（過ぎこし祭）がやってくる。ペサハは、わたしたちユダヤ教徒が、先祖のエジプト脱出を祝うお祭り。キリスト教のイースター（復活祭）にあたる。毎年、ペサハが近づくと教区の人たちはみんな、うきうき。今年もパン屋が、もうマッツァーの生地をこねだした。マッツァーとは小麦粉と水だけで作るパンだ。先祖たちが、酵母をねかせるひまもなく、エジプトを脱出した記念に、酵母は入れない。みんなが浮足立っているなか、ひとり、ゆううつな顔をしているのは、ラビ（ユダヤ教の聖職者）である、わたしの夫。でもじつは、わたしも不安でたまらない。わたしたちユダヤ人居住区の住民が今、近くのキリスト教徒たちから、不当な疑いをかけられているのだから。彼らはなんと、わたしたちがキリスト教徒の子どもたちをさらい、その血をマッツァーにまぜこんでいると思っている。ひどい中傷だわ。わたしたちユダヤ人は戒律で、動物の血を飲むことを禁じられているのに。あの人たちは、そんなことも知らないの？

ユダヤ暦5340年アダル月29日（1580年3月26日）

　日記よ！　パン屋が逮捕されたわ。これから裁判にかけられるとか。まっ正直でみんなに親切な、あんないい人が、なぜ？

日記よ、ほかにも、どんどん逮捕者が出ているらしいわ。

夫にはラビとして、彼らを導く責任がある。その夫が、無実の人たちをむざむざ、死に追いやることになれば——。

あの人のことだもの、一生自分を責め続けるにきまっているわ。

わたしは心配と不安で、夜も眠れない。もちろん、これが一部の心ないキリスト教徒の悪だくみだとは、わかっているの。でも神聖ローマ皇帝ルドルフ２世は、わたしたちユダヤ教徒をかばってくれなかった。夫は学識だけを頼りに、この陰ぼうに立ち向かうほかないの。

ユダヤ暦５３４０年ニサン月９日（1580 年４月４日）

政府も判事も、わたしたちユダヤ教徒の言い分には、耳を貸さない。争いをぶじに収めるには、いけにえが必要。わたしたちが、そのいけにえ。

すると昨日、夫がとつぜん、ある本のことを思い出した。それは、夫の書斎の本棚の一番上にある本。夫以外は、触れることさえ禁じられている、あの本。夫は毎日、書斎にこもり、熱心に読み続けている。いったい、どんなことが書いてあるのかしら。ああ、知りたいわ。

ユダヤ暦５３４０年ニサン月13日（1580 年４月８日）

ペサハまで、いよいよあと２日。用意がすべて整うと、夫は外出した。徹夜続きで、ほおはこけ、目を真っ赤にして。日記よ、じつは、わたし、こっそり本を読んでしまったの。机の引き出しから、書斎の鍵を取り出し、書斎へ。鍵穴にそっと鍵をさしこんで、回した。ドアが開くと、例の本が書見台の上に乗っているのが見えた。祈禱書？いいえ、そうでもなさそう。恐る恐るページをめくると、数式や外国語の呪文みたいなものが、ずらずらと書いてあり、わたしには何がなんだか、さっぱりわからない。

（結局、何もわからずじまいね……）

うなだれて書斎を出たとたん、夫が肩を落として、帰ってきた。

そして、つぶやくように、わたしに告げた。

「プラハの役所が動き出した。牢屋に入れられた人たちが、いよいよ

処刑される。絞首台が、山を越えて運ばれてくる途中らしい」

　近所の人や友だちが、もうすぐ無実の罪で絞首刑になるのよ！　悪いうわさに扇動された人々が、わたしたちの居住区を襲ってくるの。日記よ。わたしはどうすればいいの？

ユダヤ暦5340年ニサン月23日（1580年4月18日）

　日記よ！　今日は朗報をお知らせできるわ。ペサハはつつがなく終わり、しかもすばらしい奇跡が起こったの！

　すべては、その前の晩おそくに始まった。真夜中で、外は真っ暗。すると、夫がむっくり、起き上がる気配がした。深夜の祈りはとっくにすんだはずなのに、いったいどこへ？　眠ったふりをして見ていると、夫は抜き足差し足で寝室を出ていく。玄関のドアが開く音が聞こえた。そして、夜明け近くに帰ってきた。シャワーの音がする。そっと見にいくと、脱ぎ捨てた服は、茶色い泥だらけ。ブルタバ川の岸辺の泥よ。シナゴーグ（会堂）の屋根裏へつづく階段にも、同じ茶色の泥が点々とついている。日記よ、わたしはあれこれ想像したわ。でも、わけがわからない。すると、弟子がやってきた。髪に夫と同じ茶色の泥をびっしりつけて。

「どういうこと？　いったい、どこで何をしてきたの？」

　いくら問い詰めても、弟子は目をふせて、答えないの。

　あきらめて買い物に出ると、市場でびっくりするような話を聞いた。

「ばかでかい、泥人形がさ、牢屋を襲ってね」

「無罪のユダヤ人たちを、全員救い出したんだってさ！」

　とたんに、わたしは気づいた。ゴーレムよ！

　ゴーレムとは、ユダヤの神が、わたしたちを救うためにおつかわしになった怪物。ものすごい力もちで、ごく少数の選ばれた者にしか作れない。そして作った者の命令どおりに動くという。昔から、話には聞いていたけれど、本物を見たことは一度もなかった。

　でも、夫が何日も書斎にこもり、呪文だらけの本を読んでいたのも、真夜中に家をぬけだし、服にブルタバ川の泥をびっしりつけて帰ってきたことも、これで説明がつく。

　わたしは、急いで市場からもどり、夫を探して屋根裏部屋に上がった。すると——いたのよ！　巨大な粘土の泥人形が、夫とともにいた。天井まで届きそうな背丈の、がっしりした泥人形が。その大きなこと！　そして、なんとも素直なこと！

　ゴーレムは、夫が命ずるままに、ひざまずいた。茶色い粘土のひたいには、ヘブライ語でemeth（真実）と彫られている。夫がそのひたいに触れ、最初のeを消した。emethがmeth（死）というヘブライ語に変わる。とたんにゴーレムは床にくずおれ、動かなくなった。

ユダヤ暦5340年ニサン月25日（1580年4月20日）

　ゴーレムは、作った夫の命令には何でも従う。百人の兵士を集めてもできないような力仕事を、楽にやってのける。そして、夫がひたいのeを書いたり、消したりするたびに、動いたり止まったりするの。

ユダヤ暦5340年イヤール月14日（1580年5月9日）

　ゴーレムの大活躍は国境にまで届いた。おかげでわたしたちユダヤ人は、もう安心して眠れる！　ありがたいことよ！

ユダヤ暦5340年タムーズ月2日（1580年6月25日）

　日記よ、お久しぶりね。じつはわたし、あのゴーレムに手を焼いているの。ゴーレムは、わたしが水をくんできてとバケツをわたすと、くんでくる。でもそのたびに、ゆかにぶちまけて、夫が命じるまでやめないの。もうお手上げよ！

ユダヤ暦5340年タムーズ月7日（1580年6月30日）

　ところが日記よ。あの泥人形は、奇妙なことに、うちの娘の言うことだけはきくの。16歳の娘の言うことは聞けて、母親のわたしの命令が聞けないなんて！　いったい、どういうこと？

ユダヤ暦5340年タムーズ月10日（1580年7月3日）

　わたしはまだ、ゴーレムに悩まされっぱなし。あの巨大な怪物は、自分のばか力を自覚していない。子どもと遊ぼうとしては、踏みつぶしそうになり、馬とかけっこをしては、通行人をつきとばす。今では、夫の言うことさえ聞かなくなり、夫がひざまずけと命じても、知らん顔なの。これでは、ひたいのひと文字を消して、動きをとめるのは無理よ。こんなやっかい者が、本当に神の贈り物？
　もっと困ったことに、あの怪物は、うちの娘を愛しているの。
　態度を見ていればわかる。娘だって気づいているの。だからわたしが、ゴーレムをひざまずかせなさいと言っても、うんと言わない。
「自分を愛してくれている者を、平気で殺せると思う？」
　と言い返す。こんなことをしていれば、いつか天罰がくだるとは思わないのかしら？

ユダヤ暦5340年タムーズ月21日（1580年7月14日）

　おお、日記よ！　すべて解決。娘はやっと、ゴーレムをひざまずか
せ、涙ながらに、ひたいの一文字を消した。怪物は屋根裏部屋の床に
くずおれた。夫が、神の本名を書いた紙でゴーレムのくちびるをぬぐ
った。それから、巨大な怪物の横たわる屋根裏に南京錠をかけた。屋
根裏は出入り禁止とし、鍵を神の本名を書いた羊皮紙に包んで、秘密
の場所にかくした。わたしは、ほっとしたわ。でもすぐ不安がもどっ
てきた。もし、わたしたちの町に、無実の罪でとらえられた者が出た
ら、誰が助けてくれるのかしら？

　日記よ。お願い、助けて！　わたし、夫が秘密の場所にかくした鍵を盗んできたの。あなたのページのあいだに、こうしてはさんで、かくさせてちょうだい。娘がゴーレムを目覚めさせないように。不正に権力を求める者が、ゴーレムを悪用しないように。どうか、あなたが、ゴーレムの墓守となってね。時の流れとともに、あの怪物の額にほられた文字も薄れて消える日がくるまで。

　わたしが神から頂いたこの生命が終わるまでは、せめて、この秘密が明かされませんよう！　わたしは心から祈ります。

＜ふしぎ通信＞

プラハとゴーレム

プラハの街には、ラビ・レーブと彼のゴーレムのことを書いた伝説碑が、あちこちにあります。市庁舎の前にはラビ・レーブの像が立てられています。レーブは高潔な人柄と、科学的な頭脳をもった理論家として知られていました。一説では新旧シナゴーグは常に、ゴーレムによって敵の襲撃から守られていたそうです。ただし、ゴーレムは普段は教会の屋根裏にかくされていて、誰も近づけなかったので、実在の怪物かは確認されていません。

進化するキャラクター

ゴーレムが最初に登場したのは聖書の『詩篇』です。それから現代のビデオゲームのキャラクターにいたるまで、常に人びとの興味を引き続けてきました。本に、オペラに、映画に、ビデオゲームにと、さまざまな媒体に登場し、愛されてきたのです。

そのキャラクターも時代ともに進化し、今では『ドラゴンクエスト』の石のゴーレム、ものづくりゲーム『マインクラフト』の雪と鉄のゴーレムなども登場しています。

ゴーレムのいとこたち

●4000年前に書かれた世界最古の英雄物語「ギルガメシュの叙事詩」で主人公エンキデュは粘土で作られています。

●北欧神話では、巨人たちが粘土でモックルカールビーという大男を創りだしたと言われています。巨人たちは彼に命をあたえるため、その上半身に牝馬の心臓を埋めこみました。こうしてモックルカールビーはトール神と戦うことになるのです。

●ギリシャ神話では、巨人プロメテウスが粘土の人形を作り、それを使ってオリンポスの聖火を盗み、最初の人間を創りだしました。これに激怒した全能の神ゼウスは、粘土で作ったパンドラという女性を創り、あらゆる災いを詰めこんだ箱をもたせて、地上へ送りつけたと言われています。

プラハの町に息づく
ゴーレム伝説

ユダヤ人のラビ・イェフダ・レーブ・ベン・ベザレルは1690年の夏に他界し、プラハのユダヤ人墓地に埋葬されました。今日でもプラハの町かどでは、巨人の影がラビ・レーブの墓を訪れるのを見かけたといううわさが出ます。ゴーレムは、自分を作った神父を忘れられないのですね。

ネス湖の怪獣

1999年12月31日金曜日——
ネス湖の北西岸、ウルクハート湾の港

　ファーガスは、ネス湖を一周する観光船の名物船長。ベレー帽、白髪まじりのあごひげ、パイプという、スコットランド風のいでたちで、いつも商売繁盛だ。その日は、年の最後の巡航だった。船が接岸し、客が全員おりる。岸にはファーガス一人が残された。今年最後の巡航が終わったのだ。あとはもう、向こう岸へ帰るだけ。

　ファーガスはほっと一息。船のタラップを上がろうと、ロープを握る。とたんに両手に激痛が走った。持病の関節リュウマチだ。

（年には勝てんな……）

　ため息をついて、もやい綱を解き、操縦席に座った。

　暗い湖面はしずまり返り，あたり一面、濃い霧がかかっている。

　まもなく湖底から、不気味な音が聞こえてきた。誰かがむせび泣いているような……。

（なんだ、これは⁉）

　ファーガスはぞっとした。同時に、どこからともなく、

「おじいちゃん……おじいちゃん？」

　ささやくような声が聞こえてきた。思わず振り向くと、いつのまにか、小さな女の子が、運転席の横に立っている。

　5歳ぐらいだろうか。とてもかわいらしい子で、一輪の青い野の花を手にしている。こんな真冬に、どこでつんできたのだろう？

「いつから、ここにいたんだね？　お嬢ちゃん」

　ファーガスは、いぶかしげに聞いた。

「ずっと前からよ。おじいちゃんにあいたくて、待ってたの」

　女の子はにっこり、ほほえんだ。ファーガスはまゆをひそめ、

「船で湖を回りたかったのかい？　パパとママはどこ？」

　女の子の顔をのぞきこんで聞いた。だが、

「そんなこと、気にしないで。すぐにわたしと、来て」

　と言った。小さいくせに、王族のような威厳がある。ファーガスは
しかたなく、そばの箱からライフジャケットを引っ張りだした。

「じゃあ、これを着けて。まず、おじいちゃんちまで行こう。それか
ら、警察に電話するよ。ご両親がとても心配しているだろうからねえ」

　女の子は、何も言わない。名前を聞いても、家を聞いても、ただほ
ほえむだけだ。

　ファーガスは、それ以上追求するのをやめ、船を出すことにした。

「船室におりよう。ここじゃ、寒いだろ？」

　女の子はファーガスをじいっと、見つめたまま、何も言わない。

　ファーガスは、首をかしげた。

（この寒いのに！　暖かいのが苦手なのかな？）

　女の子は目を軽く閉じたまま、その場を動こうともしない。

　やがて、ふしぎな歌を口ずさみだした。

　歌詞は聞き取れない。だが聞く人の心を包みこむような、やさしいメロディーに、ファーガスは腕の痛みも忘れて、耳を傾けた。

　するととつぜん、風向きが変わった。女の子は急に悲しげな顔になると、とことこと船尾に走っていき、湖面を指さすと言った。

「ああ！　どうしよう。まだ血が出てる！」

　ファーガスは近寄って、女の子が指し示す先に目をやった。だが、緑がかった灰色の湖面には、赤い所など一つもない。

　改めて目をこらすと、ぽつぽつと赤い点が見えた。

「だいじょうぶ。ありゃ血じゃない。誰かが船の上から捨てたジュースの缶か、ホットドッグのケチャップさ」

　ファーガスは言った。ところが、そのとき――。

　クジラに似た大きな影が、船底をこするようによぎった。ファーガスは目を見開き、頭をぶるっとふった。

（まさか、まさか！　あれは藻の先がふれただけだ）

　ネス湖には前々から、怪獣が住みついているといううわさがある。観光客たちは、ちょっと湖面がゆれただけで、怪獣ネッシーが出たと騒ぎ立てる。だがファーガスは、ただのうわさだと、ばかにしていた。

　何十年とネス湖の上で船を動かしているが、今まで一度だって、そんな怪獣の姿を見たことなどない。

（しっかりしろ。もうじき、ウルクハート城が見えてくるぞ）

と、自分を励ました。気温はぐんぐん下がり、霧が広がっている。

「ほら！　雲のなかを動いているみたいだろ？」

　ファーガスは女の子に呼びかけた。女の子は、だまってほほえんだ。

　船は濃い霧の中を進み続ける。ついに１メートル先も見えなくなった。ファーガスは船のスピードを落とした。日はすっかり落ち、他の観光船と衝突する危険は、まずない。だが用心にも用心だ。昔からこういう霧の晩、ネス湖には、外国の密漁船が出没すると言われている。それらの船は、レーダーをつけ、怪しい音や影を察知すると、すぐさ

ま、湖底に向かって魚雷を打ちこむらしい。こうして、あわよくば怪獣ネッシーを捕まえようというわけだ。

　密猟船は現れない。だが湖面が波立ってきた。さざなみがひっきりなしに、船腹を打つ。ファーガスは痛む手をかばいながら、必死で舵を操った。だが風も波も、どんどん激しくなる。湖は荒れに荒れ、小さな観光船は木の葉のように、湖面をただよい続ける。
「船室へ避難しろ！　船室へ！」
　と、何度も叫ぶが、女の子は甲板の手すりにしがみつき、ファーガスのそばを離れようとしない。ファーガスは、恐ろしくなった。
（もし、この子が湖に落ちたらどうしよう？）
　本当にすごい時化だ。ファーガスは、ついに甲板にしゃがみこんだ。
（このわしが、船酔いか？）
　やっとの思いで立ち上がり、あっと息を飲んだ。
　湖面から、ばかでかい馬の首のようなものが、ぬっと突き出ている。ファーガスは真っ青になり、すばやく舵を切ろうとした。

　だが舵がどうにも動かない。船の下で何かがじゃまをしている！
　女の子がファーガスの手にそっと手を重ね、しずかに舵を切った。
「言ったでしょ？　しんぱいしないで、わたしと来て、って」
　そのとき、湖面に鋭い悲鳴がとどろきわたった。人間とも動物ともつかない、悲鳴に似た声。
（ネッシーだ！　ネッシーは、いたんだ！　本当に）
　ファーガスは、恐ろしさにふるえだした。その横で、女の子が大きく息を吸いこみ、ひゅうと優しく口笛を吹いた。たちまち霧は晴れ、風はやみ、湖面はしずけさを取り戻した。
　だが、岸辺のようすが一変している。城がない！　埠頭もない！
　ファーガスの目の前にあるのは、何百年も昔のネス湖だ。
（いったい、何がどうなってるんだ？）
　ファーガスは思わず女の子に目を移し、ごくんと息を飲んだ。
（この子だ。この子は普通の子じゃない。湖面に浮かんだ赤い点々が血だと知っていた。ふしぎな歌で、湖底の怪獣に呼びかけた。口笛で霧と嵐を追っ払った。そしたら怪獣が姿を現したんだ！）

　女の子は、リュウマチで痛むファーガスの手指を握りしめ、
「助けて！　おねがい」
　すがるように言った。ファーガスはうなずき、舵を握りしめた。
　やがて船は、ネス湖の、ある砂浜に乗り上げた。
　浜辺に、強大な動物が横たわっている。
　ヘビみたいに長い首の、巨大な怪獣が。
　女の子は、おびえるファーガスの手を引き、歩き出した。
　ファーガスは、恐怖をおさえこみ、必死でついていく。
　女の子は、怪獣の３メートルほど前で、ぴたりと足を止めた。
　ファーガスは、目の前の怪獣をつくづくとながめた。
（うそだろう！　まるで恐竜だ。これが──伝説のネッシーか？）
　ネス湖の怪獣は、家一軒分もありそうな巨体を、砂浜にぐったり横
たえ、巨大なヘビのように長い首と尾を丸めて、つらそうにうめいた。
　ファーガスはその巨大さに、おそれをなしながら、
「どうしたね？──ネッシー」
　おずおずと、たずねた。

　怪獣は、苦しそうにうめいている。ざらざらした皮ふは血まみれで、
柔らかな下腹は傷だらけ。ファーガスは女の子について、怪獣の目と
鼻の先まで近づいた。見れば見るほど大きく恐ろしげな生き物だ。
（こんなやつが、何百年も前から、湖底に住み着いていたんだなあ）
　そのとき、怪獣が巨体をぶるぶるふるわせた。
「痛いか……かわいそうに」
　ファーガスは、恐ろしさも忘れて、つぶやく。そのとたん、彼のま
ぶたの裏に不思議な光景が広がった。平和でおだやかな湖底の世界。
それがどんどん、人間や船や機械で荒らされていく。やがて、鼓膜が
破れるような大爆音が聞こえた。同時に、ファーガスの心に怪獣の不
安と苦しみ、そして深い悲しみが、どっと流れ込んできた。
「わかったよ、ネッシー。わしが何とかしてやる」
　ファーガスは、痛みにふるえる手で怪獣の体をなでた。

　ファーガスは、夜どおし怪獣を看病した。両手を傷口にあて、

　怪獣が受けた邪悪な力を自分の体に移し、代わりに回復力を入れ続ける。やがて指とてのひらが、猛火にあぶられたように痛みだした。女の子がいつのまにか、痛みをやわらげる薬草を運んできた。

　怪獣の体に少しずつ力が戻ってきた。傷口の出血が止まり、かさぶたができはじめ、どんどん元気になっている。

　だがファーガスのほうが弱ってきた。これほど巨大な生き物の手当てをするには、想像を絶するエネルギーが要るのだ。手指は燃えるように痛み、体内には怪獣の体から移してきた、あらゆる痛みや苦しみがためこまれている。ファーガスはあたりを見回した。もし近くにナラの木があれば、傷や痛みを吸い取ってくれるだろう。ここには、そんな木もない。苦しそうにあえぎながら、女の子に告げた。

「……できることは、みんなした。……もうだいじょうぶだ。湖の底に帰って……ゆっくり休めば、じきに……よくなる」

「じゃあ、わたしも、行くわ。ハグして、おじいちゃん」

　女の子が言った。ファーガスは、あわてて首を横に振った。

（だめだ！　ハグしたらわるいものがみんな、この子の体に移る）

　女の子はファーガスの心を読んだように言った。

「だいじょうぶよ。ハグして！　わたし、とってもじょうぶなの」

　ファーガスは一瞬ためらい、女の子をそっと抱き寄せた。とたんに、今までの痛みや苦しみが、やわらぎだした。

　ファーガスは、ほっとして、浜辺に座りこんだ。入れ替わりに、怪獣がよろよろと立ち上がった。怪獣の長い首がおりてくる。ひとつぶの涙が、ファーガスの顔の上へ落ちた。怪獣は、のしのしと波打ち際まで歩いていき、うれしそうに一声鳴いて、水の中に消えた。ファーガスはすっかり安心し、そのまま赤ん坊のように眠ってしまった。

　ネス湖を回る観光船の老船長ファーガスは、朝日の光で目覚めた。

（ネッシーは、本当にいた！　わしは、ネス湖の怪獣に会ったんだ！）

　ふと見ると、片方の手が青い花を握っている。ファーガスはそっと手を開くと、目を見張った。ごわごわだった手が、すっかりやわらかくなっている。それに、ちっとも痛くない！

　気分は爽快。まるで20歳の青年にもどったようだ。

　ファーガスは、手にした花を胸に抱きしめ、

「ありがとう、お嬢ちゃん。ありがとう、ネッシー！」

　と、何度も繰り返した

＜ふしぎ通信＞

ネッシーの命名者

ネス湖の怪獣に世界で最初に科学的な正式名称をあたえたのは、イギリス人のピーター・スコット卿でした。それは、ギリシャ語で、Nessiteras rhomphopteryx「ダイアモンドのひれを1枚もつネス湖の怪獣」という意味です。ところがつづりを並べ替えてみると、英語でMonster Hoax by Sir Peter S「ピーター・S卿のでっちあげた怪獣」とも読めるのです。いったい、どういうつもりだったのでしょうね！

変わりゆくネス湖

ネス湖は日々その姿を変えています。湖底近くの冷たい水と表面の温暖な水が混じって、流れをつくるからです。さまざまな色の藻のせいで湖面の色は変化し、藻が腐ると気体が発生して、あわを放つのです。

 ネッシー目撃年表

●6世紀：古寺の僧侶が最初に発見。

●19世紀末：転覆した船の舳先、馬の首、巨竜など、さまざまな姿で発見される。

●1934：ロバート・ケネス・ウィルソン博士がネッシーの写真を公開。

●1961：ネッシー実在の証拠を収集する機関が組織され、ネス湖の探索が始まる。

●1994：ロバート・ケネス・ウィルソンが、公表した写真は合成だったと告白。

●20世紀後半：それでもネッシーの存在を信じる観光客たちがネス湖に殺到。ソナーを利用した探査が行われる。

●1996：湖面に首を出したところを見た、航跡を見た、影を見た、動く姿を見たなど、10件に及ぶ、ネッシーの目撃報告が上がる。

ネッシー、
未確認動物学者たちの
注目を引く

　未確認動物学は、科学上では存在が認められていない動物の存在を検証する学問です。「未確認」とは存在がまだ確認されていない、という意味なのです。未確認動物学者たちは、これまでに、大王イカ、マウンテンゴリラ、オカピ、ジャイアントパンダなどの実在を確認してきました。ネス湖の怪獣とイエティ（雪男）の存在確認は、今や、この分野の宿題となっています。

その昔──日本の冬山で

　二人の木こりが吹雪（ふぶき）のなか、それぞれ、切り出した材木をどっさり積んだ橇を引いて歩いていた。前を行くのが老いた親方。後ろを歩くのが若い弟子。両方とも細いつなで体を橇にくくりつけている。

　このあたりは冬になると、必ず激しい吹雪に見舞われる。とはいえ、これほどの荒れかたは、めったになかった。

　やがて親方がふいに足を止めた。

（もう歩けねえ。おれは、ここで死ぬんだな……）

　すると、弟子が大声で叫んだ。

「親方ぁ、見てくれ！　ほら、そこだぁ！」

　弟子の指先を追うと、少し先に雪をかぶった、大きな白い固まりが見えた。石を積み上げた道標だ。その向こうにも同じようなのがある。この道標をたどっていけば、なんとか村へ帰りつけそうだ。

　老いた木こりは、ぜいぜいあえぎながら思った。

（おれは死んでも、かまわねえ。だが若いあいつを、こんなところで、むざむざ死なせるわけにはいかねえぞ）

　老いた木こりは、大声で若い木こりに呼びかけた。

「積んだ材木を、みんなおろせ！　１本残らずな」

　こうしなければ、雪の重さで橇がつぶれる。橇は木こりにとって、命の次に大切だ。若者はすぐ、言われたとおりにした。

　もしここで橇を失えば、また農家の手伝いをして、わずかな手間賃をもらう生活に戻るしかない。そんなのは二度とごめんだった。木こりの生活は厳しいが、それなりの収入が見こめる。しかも、自分が好きなように働けるのだ。

　猛吹雪のなか、二人の木こりは、それぞれの橇に積んでいた材木を、１本残らずおろして積み上げた。老いた木こりが１本を、目印替わりに雪のなかに突き立てた。吹雪がやんで、運がよければ、取りに来られるかもしれない。

　二人は再び、道標をたどりながら、風と寒さをついて歩き出した。

　まもなく、老いた木こりが立ち止まって、首を傾げた。けものの叫び声か？　いや、人間の泣き声だ。生まれたての赤ん坊だ！

「聞いたか！　ありゃ、赤子の声だ。行ってみべえ」

　老人は若者に呼びかけた。だが若者は首をふった。

「赤子の泣き声なんか、聞こえねえよ。急がねえと、凍え死ぬ」

　若い木こりは疲れはて、よけいなことはしたくなかった。それに、こんな吹雪のなかだ。道標を見失えば大変なことになる。

　だが老いた木こりは、がんこに言い張った。

「いやなら、おれひとりで、探しにいくぞ」

「そんなの、だめだ！　親方。おれも行く」

　ふたりは橇を置いて歩きだした。老いた木こりが、すぐ声を上げた。

「ほおれ！　みつけた」

　老人はすぐ、嬉しそうに叫んだ。若者も、つられて目をやった。地面に大きな薪が１本、落ちている。妙なことに、そこだけ雪がない。老人は屈みこんで、かわいた薪をそっと抱き上げ、赤ん坊をあやすように、ゆすりだした。

　すると、どこからともなく、薄い霧が出て、老いた木こりのまわりを回り出した。老人は、相変わらず一心に薪を抱いてゆすり、小さな声で子守唄まで歌っている。若者はぎょっとして、老いた木こりの肩に手を置いた。

「しっかりしてくれ！　親方。こりゃ薪だ。赤子なんかじゃねえよお！」

　だが、老いた木こりは言い張った。

「なに言うだ！　こりゃ赤子じゃ。母親もすぐそばにおろうが」
「母親が？　いってえ、どこに？」

　若い木こりは目をこらし、あっと声を上げた。目の前に若い女が立っている！　ものすごく背の高い女で、雪のように白い肌と真っ赤なくちびる、長い黒髪の持ち主だ。若者は、恐る恐るたずねた。
「どこから来ただ？　近くに山寺か、小屋でもあるか？」

　白い着物の女は黙りこくって、答えない。だがよく見ると、向こうの、雪で真っ白な坂道に、この女の足跡らしきものが点々とついている。それをたどれば、この吹雪をしのげる場所が見つかるはずだ。
「さあ、親方！　行くべえ！」

　とたんに、女は屈みこみ、次の瞬間、ふわりと宙に浮くと、こちらへ向かってきた。若い木こりはあわてて、よけようとした。だが、金縛りにあったように体が動かない。猛吹雪のなかで、いやおうなく、宙に漂う大女と、向き合うことになった。

　次の瞬間、若い木こりは思い出した。雪女だ！　小さいころから何度も聞かされた、雪の化け物。吹雪の日に旅人を襲うという雪女！

それにしても、なんと冷たく、しかも優しい目だろう！

　若者は必死で雪女の呪縛をふり切り、老人を引っ張って、歩き出そうとした。

「歩いてくれ、親方！　速く！」

　老人は、赤ん坊をあやすように、薪をゆすりながら、ふらふらと歩きだした。だがすぐ、立ち止まった。

「しっかりしてくれよお、親方！」

　若い木こりは、大声でせっついた。だが、

「そう言われても、この赤子が重くて、重くて……」

　老いた木こりは一歩進むごとに、少しずつ雪に沈んでいく。

「親方！　そんな薪、放り出せ。頼むからよお」

　若者が何度言っても、老人は耳を貸さない。

「こんなめんこい赤子を見捨てられねえ！　母親もそう言っとるぞ」

　女が、ひっきりなしに、老いた木こりに話しかけている。

　やがて老人は首まですっぽり、雪に埋まった。若い木こりは親方を雪から引き出そうと、必死で格闘した。だが老いた木こりは息も絶え絶えに言った。

「行け！　おめえ一人で村に帰れ。わしのことはいいから」

「だめだよ！　親方。あきらめちゃだめだ。そら、足を動かして」

　そのとき、雪女が老いた木こりにほほえみかけ、顔の上にのしかかった。次の瞬間、顔をあげると、雪に埋まりかけた顔にふっと冷たい息を吹きかけた。老人は眠るように、まぶたをとじた。

　若い木こりは、土気色になった親方の顔にそっとふれ、涙ながらにささやきかけた。

「親方、探せるものなら、何年かかっても、必ずここを見つけて供養するよ」

　若い木こりは、くやしそうに雪女をにらみつけた。

　雪女は黙ってたたずんだまま、若者を見つめている。

　若い木こりは覚悟した。こんどは自分が、親方と同じように冷たい息を吹きかけられて殺されるんだ。そして、さあ、殺すなら殺せと、心のなかで念じた。

「まあ、なんと元気な若者だろう！」

　雪女はつぶやくと、氷のように冷たい指で若い木こりのほおをそっとなでた。

「しかも、おまえは男前だ。このまま殺すのはもったいない。さあ、早く家に帰るのだ。ただし雪女が出たなどと、一言もいうのではない。誓えるか？」

「誓う！　約束するよ！」

　雪女はうなずくと、相変わらずの吹雪のなかを、山頂に向かってすたすた歩き出した。雪の上に真っ赤な足あとを点々とつけながら。

　若い木こりは、一心不乱に山道をおりだした。そのあいだにも、頭のなかには絶えず、雪女の声がひびいている。

「約束をお忘れではないよ。破ればいつでも、おまえを罰しにいくからね」

　若い木こりは寒さと恐れにふるえながら、転げ落ちるように谷をくだり、母の待つ家に帰ると、そのまま布団にもぐりこみ、何日も寝こんでしまった。

　若かった木こりも、今ではおおぜいの孫をもつ幸せな老人となっている。

　今夜も孫たちにせがまれるままに、さまざまな話をしてやった。

　何十年ものあいだ、あちこちの森の木を切ってまわり、さまざまな人に会った。不思議な話、面白い話。話ならいくらでもある。だが一つだけ、木こりがけっして口にしないと決めた話がある。まだ若い見習いの木こりだったころ、ちょうどこんな吹雪の晩……

「さあ、子どもはみんな、寝た、寝た」

「まだ眠くないよお」

「おじいちゃん、もっと話を聞かせてよ」

「だめだ！　今晩は、これっきり」

　子どもたちがぶうぶう言いながら、寝にいくと、妻がそっと寄ってききいた。

「どうしたね？　おじいさん。そんな夢見るような顔をして」

「いや、ちょっと思い出したことがあってなあ」

　木こりの心のなかに、あの吹雪の晩の思い出がどっとよみがえる。

「思い出した？　どんなことを？　あたしに話してくださいな」
　妻の言葉に、木こりはつい、封印していた話を打ち明けた。
「わしの親方はな、雪女に殺されただ。こんな吹雪の晩に。雪女って
のは、一丈（３メートル）もあるような白装束の女でな。薪を赤子に
みせて、親方をだました。それから雪にすっぽり埋まった親方の精気
を吸い取って殺した。それから弟子のおれをじいっと見つめただ。そ
りゃあもう、冷たくて、きれいな目でな。思えば、おまえによく似て
いると……」
　木こりは、じっと妻の顔をのぞきこんだ。
「え？　あたしが、誰とそっくりですって？」
　老いた妻がふとほほえんだ。あんどんの灯に照らされた顔がどんど
ん若くなっていく。初めて山道で出会ったころの顔に。それがあの雪
女の顔とぴたりと重なった。妻の顔からほほえみが消え、目の奥で冷
たい怒りがめらめら燃えている。
「よくも、よくも約束を破ったね！」
「いや、違う！　おれはなにも……」

　老いた妻の丸まっていた背中がすっと伸び、またたくまに一丈もある白装束の大女に変わった。

　雪女がううっと怒りの声を上げる。たちまち吐く息が、薄く白い雪片に変わり、木こりの顔にぶつかってくる。まるで、千本もの冷たい針でつかれたように痛い。

　木こりはふるえながらひざまずいた。すると、白い絹の着物から出ている小さな足に気づいた。きこりは思わず、両手でその足をつかみ、
「わしは約束を破った。おまえが怒るのは、あたりめえだ。なんとでもしてくれ」

　と、泣きながら詫びつづけた。

　しばらくすると、戸ががたがた鳴るのが聞こえた。

　木こりは飛び上がった。妻がいない！　雪女が消えている！

　木こりはあわてて、雪の降りしきる庭にとびだした。

　すると、青みがかった光が、向かいの山の上に向かってするする動いてゆくのが見えた

　雪女は山に帰り、二度ともどってこなかった。

＜ふしぎ通信＞

雪女

雪女は、雪の妖怪。白装束で、雪のように白い肌の女の妖怪です。身の危険を感じるとたちまち雪に変身し、二度と姿を見せないと言われています。

各地の雪女伝説

雪女にまつわる伝説は、地方によりさまざまです。共通しているのは、雪女が氷のように冷たい息を吹きかけ、男を殺すという点だけ。地方によっては、赤ん坊を抱いた姿で現れるとか、決まった日に現れ、満月の夜に姿を消すとも言われています。

日本の妖怪変化（へんげ）の系譜

●日本では、『古事記』『日本書紀』の頃から、妖怪変化の記述があります。八岐大蛇（やまたのおろち）や人語を話す因幡白兎（いなばのしろうさぎ）、鰐（わに）など。あらゆる事象のうちに摩訶不思議なことが語られました。しかし、仏教が伝来し、生活文化の変遷により、妖怪も次第に姿を変えてきます。

●いちばん大きな影響をあたえたのが、輪廻（りんね）転生・因果応報（てんしょう・いんがおうほう）思想でしょう。人が生前に悪事をなし、因果応報で死後に動物に転生したり、何よりも人間の幽霊が現れました。平安朝には、生前の姿のままであったのが、江戸時代の頃になると、愛着または怨恨のために、おどろおどろしい姿で出現するようになります。

妖怪変化の分類

●変化（本体の分かるもの）

①人——生霊、死霊（怨霊、幽霊）

②動物——キツネ、タヌキ、イノシシ。ネコ、クモ、ムササビなど。

③植物——松、槐（えんじゅ）、榎、柳、芭蕉など。

④器物——櫛、箒（ほうき）、団扇、笛、琵琶など。

⑤自然物——雲、雷、花、雪、山彦など。

●妖怪（本体の不明なもの）

①人に近いもの——海座頭（うみざとう）、雪女、山姥（やまんば）、一つ目小僧、見越入道、元興寺（がごぜ）など。

②動物に近いもの——河童（かっぱ）、覚（さとり）、山男。

③人間と動物に近いもの——天狗（てんぐ）、人魚。

④その他——のっぺらぼう、提灯火（ちょうちんび）など。

参考文献：『日本妖怪変化史』（江馬務著、中公文庫）

雪女伝説の推移

　雪女伝説が初めて日本の文献に現れるのは14世紀のことですが、口伝なら、もっと前からありました。今も映画（黒沢明監督の『夢』、三池崇史監督の『妖怪大戦争』）や漫画（尾田栄一郎の『ONE PIECE ワンピース』、久保帯人の『ブリーチ』）さらにはコンピュータ・ゲーム（『ヒーローズ・オブ・マイト・アンド・マジックⅣ』）などにも登場します。いずれにしても、雪女はもともと、大人たちが、子どもをおどして、言うことをきかせるために作り上げた怪物なのかもしれませんね。

　雪女の原型は、中世の謡曲「雪鬼」だと言われています。美男の歌人在原業平に恋した娘の顔色がだんだん青ざめ、さいごは全身真っ白になって、日かげに消えるというストーリーです。

　その後、雪女の伝説が、日本の各地に伝わっていきました。大体は、雪の降る夜に白ずくめの衣装で旅人の前に姿を現す、異様に背の高い女の妖怪で、雪女郎とも呼ばれます。

　江戸時代後期（1800年ころ）に浮世絵師の喜多川歌麿が、白ずくめの衣装をまとった、はかなげな美女を描いてから、雪女のイメージが定着しました。この本でご紹介したストーリーは、小泉八雲（ラフカディオ・ハーン）（1850−1904）『怪談 Kaidan』の一編「雪おんな」を下書きにしたものです。舞台は「武蔵の国」と呼ばれた、東京都狛江市から青梅市にわたる多摩川流域。

　今、東京でこれほどの大雪が降ることは、めったにありません。狛江は、ビルが立ち並ぶ街になっています。それでも、お話がどこか身近なものに感じられるのは、きっとそこに、愛という、人間にとっての永遠のテーマが描かれているためでしょう。

セルキー 海の妖精

2003年3月17日──アイルランドの、そよ風が吹く浜辺で

　ぼくは、愛するフルールと手をつなぎ、真っ白な砂浜に立っている。青い海、青い空。沖には白波。

（来るぞ──来るぞ──ほら、来た！）

　波間からずらりと黒い頭がのぞき、顔が出た。輝く黒い毛並みが、次々と、とんぼ返りを打ち、空中で2回転して、海にもぐっていく。

「アザラシの群れ！」

　フルールの弾む声に、ぼくは急いで言った。

「いや、アザラシじゃない。海の妖精『セルキー』なんだよ。あのなかに、母が混じっているんだ」

　フルールは一瞬、目を丸くした。だがにっこり笑うと、

「どういうこと？　聞かせて」

　と、ぼくに言った。ここアイルランドは伝説の宝庫だ。幼いころから、妖精だの精霊の伝説を聞いて育ったフルールには、とくに驚くようなことでもないんだろう。

「じゃあ、そこへかけて」

　ぼくは、近くの岩を指さすと言った。

　物心つく前から、ぼくは母には不思議な力があると感じていた。不思議な魅力、というのかな。金の亡者も権力者も、母の言うことには素直に従った。

　母が波とたわむれていると、どこからともなく、いっしょに遊びた
がる人たちが集まってきた。

　母は美人で、しかも力持ちだった。むだに切り倒されそうになるカ
シの木をかばって、何人もの木こりと力づくでやりあい、みごとに勝
ったこともある。幼いぼくは、そんな母が自慢でしかたなかった。

　4つのとき。母がいつものように、幼稚園のお迎えにやってきた。
母は満面に笑みをたたえて、ぼくを抱き上げると、船にのせた。広い
海の上で、母と波にゆられている。ぼくは、幸せだった。

「ママ、ぼくがすき？」

　と、ぼくは思わず聞いた。母はうなずき、

「ええ、もちろん、ママはあなたが大すきよ。いつも、愛してる。陸
の上でも──たとえ──別の場所に、行ったとしても」

　と、言った。ぼくは、なんだか不安になった。
　別の場所って、いったい、どこのことだろう？

　その日から、夕暮れになると、母はそわそわ、海を見に行くように
なった。晴れた日も、曇りの日も。大嵐の日だって、出て行く。父が
迎えに行っても、ぜったい動こうとしない。何かを待つように、じっ
とたたずんでいる。ぼくは、不安になった。
（ママは、何を待っているんだろう？　ぼくがきらいになって、どこ
かへ行こうとしてるのかな）
　もちろん、母がぼくをきらいになったわけじゃない。
　母は海の妖精セルキーだった。そして、陸の生活をやめて、海に帰
りたくなったんだ。
　幼いぼくは「セルキー」という言葉を、まだ知らなかった。でも、
母のせつなさと悲しみが、子ども心にひしひしと伝わってきた。

　フルールは、ぼくをじっとみつめた。
「セルキーって、名前だけは知ってるけど──ほんとにいたのね！」
「いるさ。さっき、きみが、アザラシと言った、あれがセルキーだよ。
セルキーは群れを作って浜辺に上がり、皮を脱ぎ捨てて、若い娘の
姿になる。そして一日中、踊ったり、おしゃべりして楽しむんだ。
でも日没前には元の姿にもどる。もしそのとき、毛皮をなくしたら、
一生海にはもどれないんだよ」
「毛皮をなくす？　そんなことがあるの？」
「うん、ある。セルキーに恋した男が、かくすのさ」

　母は、相変わらず、悲しそうにしている。
　あるとき、ぼくはふと父にたずねた。
「パパはどうやって、ママと出会ったの」
「森のお祭りでね」
　と、父は答えた。ぼくは母に同じことを聞いてみた。すると母は、
「ある日、だいじなものをなくして探していたときよ」
　と、答えた。いったい、どっちが本当なんだろう？

　やがて、ぼくは小学校に上がった。7歳、8歳、9歳。背が伸びて、力も強くなっていく。母は逆に、ますます元気をなくしていった。父とぼくは必死で母を喜ばせようとした。でも母は笑わない。

　悲しそうに目をふせるだけだ。

　フルールは、ぼくの手にそっと手をかさねてささやいた。

「そのとき、あなたはまだ、お母さんがセルキーだとは、知らなかったのよね。だったら、誰が教えてくれたの？」

　ぼくはため息をつくと、答えた。

「マックスじいさんさ。サメに片手をくいちぎられた漁師だよ」

　ある日の学校帰り、ぼくはそのじいさんに呼び止められたんだ。

「聞け、ぼうず。おまえのおっかさんはセルキーで、海に帰りたがってるんだ。おやじさんがかくした毛皮をみつけて、自由にしてやれ」

　ぼくはぎょっとした。母は長いきれいな手足と、絹のようにやわらかな髪と、天使のように美しい声の持ち主だ。それがじつは、海岸でごろごろねそべっているアザラシの姿をしているなんて！

「嘘だ！　信じるもんか！」

　マックスじいさんは、ぼくの手をいきなりぎゅっとつかんで言った。

「よく見ろ。おまえの指の第一関節に、小さな水かきがある。そんなものをつけている人間を、見たことあるか？」

　ぼくは首を横にふった。ずっと前から、この薄くてやわらかい、小さな膜みたいなものはなんだろうと、いつも不思議に思っていたんだ。母はそれを「水のゆりかご」と、呼んでいた。たとえば顔を洗うとき、両手で受けた水が、そこにたまってゆれる。マックスじいさんはぼくの顔をのぞきこむと、つぶやくように言った。

「セルキーの子はみんな、手足に水かきをもって生まれてくる。水のなかが大好きでなあ。歩けるようになる前から、すいすい泳げる」

　じいさんと別れて歩き出すと、遠くの浜辺に立つ母の姿が見えた。まわりには何人もの娘たちがすわり、楽しそうに笑ったり、おしゃべりをしている。

　ぼくが近づくと、娘たちはいっせいに岩の陰にかくれた。次の瞬間、沖にアザラシの群れが現れた。母は砂の上に座りこんだ。ひとすじの涙が形のいいくちびるの上に流れて落ちた。

　マックスじいさんの話は本当なのだと納得したのは、そのときだ。

　2日後、ぼくは10歳になった。

　フルールはぼくを抱きしめ、

「それから、あなたは、どうしたの？」

　ささやくように聞いた。

　それからぼくは、家じゅうを探しまわった。地下室から屋根裏部屋まで。牛舎から納屋まで。畑の柵も一本ずつ抜いて調べた。でも母の毛皮は、みつからない。夜になると、ぐったりしてベッドに入った。昔から使っている小さな木のベッド。そろそろきゅうくつになりだしているが、ぼくには家じゅうで一番、心が休まる場所だ。

　父は、ぼくがついに母の秘密を知ってしまったことに気づくと、悲しそうな顔をした。そのあいだにも、母の状態はひどくなる一方だ。昼間は浜辺に立って、じっと海を見つづけている。日が落ちると、しょんぼり家に入ってくる。真冬でも、はだしで浜辺に立って、沖を見つめている。

　ついに真冬のある朝、父はナイフをつかみ、ぼくの手を引っ張ると、ぼくの部屋に突進した。そして何も言わず、ぼくのベッドのマットレスを切り裂いた。すると、出てきたんだ！　アザラシの毛皮が。

　ぼくは何も知らずに、その上で何年も寝ていたわけだ！

　ぼくと父は毛皮をひっつかみ、二人で母のところに走った。

　毛皮を見た母は、少女のように顔を輝かせた。

「ありがとう！　愛しているわ！　二人とも」

　父とぼくをぎゅっと抱きしめ、海に向かって走りだした。

　ぼくの心に悲しみと安堵が、一気に流れこんできた。

　これで、ママはやっと幸せになれる。そして、ぼくもだ！

　それから毎日、ぼくは父と、この浜辺にやってきた。母はそのたび

に沖に姿を見せ、合図を送ってよこした。ぼくが成人したとき、父が
再婚したことを知らせたときには、何度も飛び上がって喜んでくれた。

　フルール、今日だって、母はきみに会えて、大喜びしていたよ。
　そのとき、1頭のアザラシが、海面から頭を出し、ひれをくっつけ、
大きく跳んだ。まるで、おめでとう、と言うように。
　フルールは両手を大きく振ると、呼びかけた。
「ありがとう！　わたし、あなたの息子さんと結婚します！」
　フルールは立ち上がると、砂をつかみ、指のあいだから、さらさら
こぼした。そして、ぼくの手をとり、お腹の上にのせて、ほほえんだ。
「わかる？　わたしたちの赤ちゃんが、もう泳ぎたがっているわよ！」

＜ふしぎ通信＞

目の錯覚

　セルキー伝説のモデルは、マナティーやイルカやアザラシなどの、海に住む哺乳類だと言われています。遠くから見ると、海面から突き出た頭が、人間のように見えるのだそうです。メスが、ひれで子どもをかかえる姿も、人間の女性が赤ん坊を抱いているところとよく似ています。セルキーは、船員たちの目の錯覚から生まれた伝説なんですね！

島の怪物

　セルキー伝説で有名なのは、フェロエ島でしょう。オーチャード島、シェットランド半島など、スコットランド北部の島にもセルキー伝説が語り伝えられています。フェロエ島では郵便切手の絵柄にまでなっています。そのほか、アイルランドや、フランスのブルターニュ地方、北欧諸国にも、セルキー伝説が残っています。

毛皮を返して！

●セルキーはアザラシの皮をまとった妖精で、ふだんは海のなかに住んでいます。セルキーという名前は、その昔、スコットランドやアイルランド北部で使われていたスコットランド語でアザラシを表す＜セルキ（Selch）＞からきていると言われています。以前はアイルランド北部のスコットランドで使われていた言語です。

●セルキーは夜の浜辺にあがり、毛皮を脱ぎ捨てて、若い娘に変身します。そして何日間か砂の上で踊ったり、おしゃべりをすると言われています。

●セルキーは人間と結婚することもあります。けれども、いつか海が恋しくなると、夫にかくされた毛皮を探すようになります。毛皮をみつけたセルキーは、地上の家族を捨て、海に帰ります。でも、もし夫が毛皮を焼き捨ててしまったら？　そのときは泣く泣く一生、地上にとどまることになるのです。

●セルキーの子どもは手足に水かきがついていると言われています。

想像力をかきたてる
海の怪物

　セルキーも人魚のように人類の想像力をかきたて
てきました。19世紀には、アメリカの有名なバーナ
ム・サーカスが、「海の怪物」という名で、体長60
センチほどの、不思議な剥製を展示しました。け
れどもやがてインチキが発覚します。この剥製、
じつはサルの体に魚のしっぽをつけたものだっ
たのです。

1650 年 4 月 14 日──アムステルダム港で

　復活祭を前にして、寒さもだいぶ、やわらいでいる。少年水夫ジャックは、港の一画に腰かけ、目の前に錨をおろした、3本マストの帆船をしげしげとながめていた。

　オランダの船乗りならば、「さまよえるオランダ人号」とその船長、バレンド・ホッケの名を知らぬ者はいない。ホッケ船長はこの船をたった3か月で、インドネシアのバタビア（今のジャカルタ）からここ、オランダのアムステルダムに到着させた。ほかのどんな船長にもできないすごわざだ。港にいる船員たちは、寄るとさわると、その話ばかりしている。

　ジャックは岸壁を離れ、ホッケ船長を求めて、酒場街をめざした。ホッケ船長は酒飲みで、上陸するとすぐ安酒場で飲み始めると聞いていたからだ。ジャックはさんざん歩きまわり、やっと船長のいる酒場を探しあてた。

　初めて見るホッケ船長は、じつにいやな男だった。せまい酒場のまんなかに座りこみ、酒びん片手に、取り巻きどもをどなりつづけている。ジャックはびくびくしながら、船長の前に出ると、
「お願いします！　ぼくを『さまよえるオランダ人号』の船員にやとってください。一生懸命、働きます」
　と、懸命に訴えた。

ホッケ船長は顔を上げ、品定めをするように、ジャックの腕をぽんぽんとたたいた。

「がりがりだな。まあ、難破したときの食料にはなるか」

不気味に笑うと、ジャックをにらみつけた。

「出港は明日だ。遅れるんじゃないぞ」

ジャックはぎょっとして、聞き返した。

「明日？　明日は聖金曜日ですよ！」

まわりの船員たちの間に、驚きと動揺が広がる。

キリストの受難日、聖金曜日に船を出す者はいない。だが船長は、

「ああ、明日出港する。神も悪魔も知るもんか。それだけ聞いたら、さっさと失せろ！」

恐ろしい声で、ジャックをどなりつけた。

1650年5月15日、日曜日、「さまよえるオランダ人号」のデッキで

「さまよえるオランダ人号」の船員になってから、1か月。その日もジャックは、せっせとデッキを清掃していた。

皿洗いから帆のつくろい、ネズミ退治。雑用はすべて押しつけられる。日曜も休めない。あんなに頼みこんで乗せてもらったことが、今は、くやまれてならない。

ぎらぎら照りつける太陽、息苦しいほどの暑さと、ふるえる空気。嵐がそこまで来ているのがわかる。メインマストの下に、風をはらんだ船旗が見える。オランダの三色旗の上にホッケ船長の命令で、十字に交差させた2本のサーベルが刺繍されている。ジャックは、のどがからからだった。飲料水の樽にかけよると、直接顔を突っこんで飲みだした。ふと顔を上げると、目の前にホッケ船長が突っ立っている。腕を組み、くちびるに残忍な笑いをうかべて――。

「だいじな飲料水に、じかに口をつけたのか？　おまえのおかげで、ひと樽が台無しだ。この大ばか！　罰をあたえてやる」

罰とは何だろう？　ムチ打ち？　それとも――。

ちぢみ上がるジャックの前で、船長はわめいた。

「おい！　誰か、からの樽をもってこい！」

　雨が、ぽつぽつと降ってきた。同時に大きな樽が運ばれてきた。船長はにやりと笑うと、ジャックをにらみつけた。
「おめえは、樽に顔を突っこむのが、よほど好きらしいな。ならば、気がすむまで、この樽に顔を突っこんでいるがいい！」
　大樽を片手で持ち上げ、船ばたでぐるぐるふりまわし、海に投げこんだ。続いて、ふるえるジャックをつかまえ、海上に放り出した。
「助けてえ！」

　ジャックは悲鳴を上げた。とたんに、海水がどっと口に入ってきた。肺が苦しい。息がつまる。ジャックは恐怖に目を見開き、懸命に水をかいて、海面に浮かび上がった。「さまよえるオランダ人号」はもうずっと遠くに行っている。ジャックがもどるのを待ってなどいない。

　これからは、誰の助けもなく、大海原を漂流することになるのだ。鉄のたがを巻いた、大樽に乗って……

　雷鳴がとどろき、空がまた暗さを増す。
「さまよえるオランダ人号」が嵐の中心に向かって、突っこんでいく。
ジャックの耳に、船員たちの恐怖の叫び声が伝わってきた。
「船長！　引き返しましょう！」
「なんだと？　腰ぬけどもめ！　これしきの風におびえるな！」
「神が、お怒りなんです！」
「神なんか、くそくらえ！　世界一偉いのは、このおれ様だ！」
　船長はさんざんわめいたあげく、船を進めろと命じた。

約７か月後、1650年12月25日、日曜日、ある無人島で

　ジャックは洞窟の岩壁に、またひとつ、しるしを彫りつけた。島についてから、毎日こうして、月日を忘れないようにしている。
「メリー・クリスマス！」
　ジャックは、自分に向かって、大声で言った。
　あの嵐のあと、彼を乗せた大樽が、この洞窟にたどり着いた。7か月後の今も、助かったのは、奇跡としか思えない。この島には飲み水も、果物も豊富にある。野生の動物もたくさんいて、食料には困らない。ジャックは毎日、孤独と戦いながら、助けが来るのを待った。

ある年の７月14日、同じ無人島で

　やがて、ついに、ジャックの望みがかなう日がやってきた。ジャックはすでに、白いあごひげの老人となり、日にちを数えるのもやめてしまった。毎日、ただ洞窟の入り口に座って、海を見つめていた。
　するとある朝、沖に点のようなものが見えたのだ。

　ジャックは老いた足腰をかばいながら、立ち上がった。

「船だ！　ああ！　とうとう助けがやってきた！」

　イギリス海軍の船「バッカスの巫女号」の士官や船員たちがどやどやと上陸してきた。だがジャックを見ても、なぜか誰も何も言わない。

　誰ひとり、振り向かない。まるでジャックがそこにいないみたいだ。

（そうか、誰も、こんな汚いおいぼれには、関わりたくないんだな）

　ジャックは、船員たちのあとからしょんぼり、ボートに乗りこんだ。

　そして、本船に移ってからも、影のようにひそかに暮らした。

　ホッケ船長にいじめ抜かれた恐ろしい記憶が、何十年と経った今も、ジャックの心にとりついて離れないのだ。

（目立たないことが一番）

　ジャックは、いつも自分に言い聞かせていた。そして、船員たちのそばでくつろぐこともあったが、けっして声はかけなかった。

その約1か月後、7月11日、月曜日。「バッカスの巫女号」で

　見張りの水夫が大声で急を告げると、すぐさま船長は命じた。

「面舵いっぱ――い！　全員、デッキに集合！」

「バッカスの巫女号」が、正体不明の船に向かって突っこんでいく。

　深い霧のなか、ぼんやりとした船影が、ぐんぐん接近している。今にも衝突しそうだ！

　ジャックはぞっとした。すでに相手の船の滑車の音まで聞こえてくる。霧のむこうから、船員たちの恐怖の叫びが流れてきた。

「バッカスの巫女号」では、若い下士官の兄弟が、必死で船の方向を右よりに変えようとしている。二人はなんとか任務をこなすと、船の手すりにかけ寄った。そして、士官や船員たちにまぎれ、かたずをのんで、成り行きを見守った。

　2隻の船がうまくすれ違えるか、衝突して大破するか。この数分間が運命の分かれ道だ。相手の船はじりじりと近づいてくる。だが、「バッカスの巫女号」の船員たちは、ただ見守るしかなかった。

　火災で焼けこげたデッキが見えてきた。船体には黒くおぞましい焼けあとが残り、船側には「……オラ……号」という文字が残っている。

　ジャックはぎょっとした。「さまよえるオランダ人号」は、あの嵐の日以来何十年も漂流していたのか⁉　骸骨となった船員たちが、デッキに並び立ち、「バッカスの巫女号」のほうへ手を伸ばしている。
「バッカスの巫女号」の下士官も船員たちもいっせいに、十字を切り、
「神よあわれみたまえ」
　とつぶやいた。
　そのとき、亡霊たちの絶叫のなかから、ひときわ高く、不気味な笑い声が聞こえてきた。ホッケ船長の笑い声だ。ジャックはふるえあがり、思わず天をあおいだ。漂流船のマストに、船旗が見える。オランダ国旗の上に、十字に交差する２本のサーベルの刺繍。
（やっぱりそうだ！　これは「さまよえるオランダ人号」だ）
　思わずあとずさりしたジャックは、下士官にぶつかった。

　だが次の瞬間、ジャックの体が相手の体を、すっとすりぬけた。

（あれ？　なんだ？　これは）

　ジャックが首をかしげたとき、下士官のつぶやく声が聞こえた。

「1881年7月11日。この日のことを、おれは一生忘れないぞ」

（1881年だって!?）

　ジャックは、耳を疑った。

（おれは——おれは、あれから、二百年以上、待ちつづけていたのか！）

　思わず両手に目をやると、骨が透き通って見える。骸骨となった手を胸の上に置いた。心臓の鼓動は感じられない。

（ホッケ船長だけじゃない。おれも幽霊になったんだ）

　ジャックは泣きだし、次の瞬間、ぱっと顔を輝かせた。

（おれは、ホッケ船長みたいに、神様を呪ったりしなかったぞ。だから、これで、永遠の漂流からのがれさせてもらえたんだ！）

　にっこり笑うと目を閉じ、神に感謝しながら、しずかに天国への道をのぼっていった。

＜ふしぎ通信＞

船の墓場

シドニー（オーストラリア）のホームブッシュ湾は、廃船のたまり場として有名です。そのなかでも、エスエス・エアフィールド号は、1911年にイギリスで製造され、第二次大戦中には、駐留米軍への物資輸送船として活躍しました。1972年に廃船となり、この湾へ運ばれました。ところがその後、船の上にどんどん木が生え、今では「浮かぶ森」と呼ばれて、近隣の人たちや観光客の目を楽しませています。

「さまよえるオランダ人号」伝説

この伝説は最初、1821年にイギリスの新聞に掲載されました。1832年には、フランスの作家アウグスト・ジャルが、「海の生活の情景」として発表します。2年後、詩人のハインリッヒ・ハイネがこの小説をもとに独自の小説を書き、1834年、ワーグナーがオペラにしたてました。それから150年あまり。現代では映画『パイレーツ・オブ・カリビアン』に生まれ変わりました。「さまよえるオランダ人号」の伝説は今も、さまざまに人の心を刺激しつづけています。

目撃された幽霊船

● 1861年。「インコンスタン（きまぐれ）」紙の報道では、イギリスの軍艦のデッキで、2名の船員が、1艘の不思議な光に包まれた船を目撃。船は魔術のように消え失せたと伝えています。

● 1881年7月11日。イギリスの軍艦「バッカスの巫女号」に乗船していたジョージ5世が、オーストラリア海域で、「さまよえるオランダ人号」を目撃。幽霊船は赤い光に包まれ消え失せた、と報道。

● 1909年。ドイツ船の船員が、4本マストの帆船が炎に包まれながら漂流しているのを目撃。ボートで近づくと、船体しか残っていないことがわかりました。後にそれが、2年前に行方不明になった「シルバーホーン号」だと判明したのです。

● 1930年7月。貨物船の船員たちが、大嵐の海を漂う5本マストの帆船を目撃。マストの形状から、1年前に消息を絶った「コペンハーゲン号」に違いないと言われています。

● 1934年。ヨット「メアリー・アン号」に幽霊船が接近。あやうく衝突をまぬがれたと、船長が報告しています。

● 1939年。ケープタウン（南アフリカ）のグレンケアン海岸で、猛スピードでつき進んでくる正体不明の帆船を、複数の海水浴客が目撃したという記録があります。

● 1942年。サンフランシスコ港に停泊中だったアメリカの駆逐艦「ケニソン号」で、2名の船員が2本マストのこわれかけた帆船が帆を上げ通過するのを目撃したと報告されています。

幽霊船団

　19世紀末には、「神より見放されし船」と呼ばれる漂流船が千隻以上、大西洋を動きまわり、多くの船員たちを不安に陥れていました。漂流船との遭遇は、それだけで沈没事故の原因になりかねません。20世紀初頭、アメリカが大々的な漂流船発見計画をスタートさせると、漂流船の確保と撃沈は進みました。けれども、第一次世界大戦の勃発で、計画は中止に。現在は、約300万隻の「神に見放されし船」が世界中の海を漂っています。

石にされたトロール

昔々のある冬の日——
アイスランド、ブロンデュオスの北西、バトナ氷河の近くの村で

　北極に限りなく近い国アイスランド。冬の凍えるような夜更け。
　石造りの家のなかでは、大人も子どもも、みなぬくぬくと、ベッド
で眠りこんでいる。すると外でとつぜん、不思議な音が聞こえた。
　ドスッ、ドスッ、ドスッ——巨人妖怪トロールの足音だ！
　トロールは2階建ての家のような巨体をゆさぶりながら、あたりの
景色に目もくれず、のし歩く。そのうしろを、一人の、みすぼらしい
服を着た少年が、よろめきながらついていく。
「うおおお、ぐずぐずするな！」
　トロールが、恐ろしい声でうなった。

　少年の名は、ビョルフル。だが、トロールのどれいにされた今は、
名前で呼ばれることもない。トロールの穴ぐらで、ろくに食べ物もあ
たえられず、毎日おびえながら暮らしている。トロールはばかでかく、
気が荒い。逆らえば、何をされるかわからないからだ。トロールにさ
らわれた子はみんな、こういう悲惨な目にあう。

　その晩、トロールはむしゃくしゃして巣穴を出てきた。近ごろは何
をやってもおもしろくない。巣穴の壁をさんざんなぐりつけ、それで
も足りず、外でひと暴れすることにしたのだ。

2

　トロールは、寒い道でとつぜん立ち止まると、ぐわぐわと下品な音をたてて、夜の空気を吸いこんだ。

　赤ん坊の顔ほどもありそうな、大きな鼻の穴。そこから飛び出す、太くて長い鼻毛。あぶらぎった、ぶ厚い顔の肌。見るからにおぞましく恐ろしい姿だ。

　ビョルフルは、深い霧のなかで、ため息をついた。今夜こそ、このいばりくさった、醜いトロールが、もっと強いやつにやられればいいのに！　だが凍てつくように寒い夜、わざわざ外を歩いているのは、このまぬけな1匹だけらしい。

　ビョルフルが、このトロールにさらわれ、どれいにされてから、もうすぐ半年になる。半年以内に逃げ出せなければ、一生どれいのままだ。毎日、いらいらと待ったが、脱出のチャンスは一度もこなかった。しかし、
（もしかして、今夜がチャンスかもしれない！）

　ビョルフルはこぶしをかため、トロールがまきちらす悪臭にたえながら、よたよた走りつづけた。どうやらトロールは、岬の突端にある修道院を襲うつもりらしい。建物に体当たりして押し入り、ついでに修道僧を一人さらって、二人目のどれいにしよう、と思っているらしい。
「茶色い服を着た人間を、親指と人差し指で、つまみ上げるんだ。手足をばたばたさせて、こわがるぞ。ああ。いい気味だ」
　ドサッ、ドサッ、ドサッと歩きながら、野蛮な声でわめいた。
　修道院に着くまでには、かなりの道のりがある。

　ビョルフルは、月をあおいだ。
　今は真夜中。朝日がさすまでには、たっぷり時間がある。

　トロールは最初の村で、小屋を3軒、けりたおし、あわてふためく村人たちをふみつぶして、げたげたと笑った。

　次の村では、畑の柵にまんべんなく小便をまきちらした。作物はたちまち枯れた。冬には貴重な野菜がぜんぶだめになった。

　3番目の村ではヤギ小屋の戸をけ破り、ヤギを次々と井戸に放りこんだ。ヤギは悲鳴をあげながら、全滅した。

（こんなむごいことを、許せるもんか！）

　ビョルフルはこぶしをかため、同時に自分のおろかさをのろった。

　ビョルフルは、数か月前、遊び仲間とけんかをし、

「大将になれないなら、トロールに誘拐されたほうがましだ！」

　と、おろかにも口走った。

　すると、1匹のトロールが風のように現れて、ビョルフルを巣穴に
連れ去った。どれいにされたビョルフルは、子どものトロールたちに、
けられたり、たたかれたり、おもちゃがわりにもてあそばれた。だが
すぐにあきられ、動物の死臭がぷんぷんする巣穴の片すみに、放り出
された。

「トロールにつかまったら、半年の間に脱走しろ。半年目の朝までに
逃げられないと、『神』と言えなくなり、そのままトロールに変わっ
てしまう」
　ビョルフルは、村の長老に、そう教えられていた。

　そこで毎朝、トロールの巣穴で目覚めると必ず、
「神の聖名を呼べなくなる日が来ませんように」
　と、祈りつづけた。

　3つの村でさんざん悪さをした後、トロールはまた歩き出した。
　海岸ぞいに小屋が見える。その横に酒樽を積んだ荷車が1台。

（これだ！）
　ビョルフルは心のなかで叫び、トロールの背中に呼びかけた。
「ご主人様！　あれは魔法使いの薬の樽ですよ！」
「なんだと？」
　トロールが大声を上げた。ビョルフルはすかさず
「樽の上に、薬のききめが書いてありますよ。読みましょうか？」
　と言った。トロールは大きな目玉をむいて、わめいた。
「読め！　さあ、早く、読んでみせろ！　この、うすのろ！」
　トロールは黄色い歯をむきだして、わめきたてる。
　ビョルフルは、トロールのくさい息を必死でこらえ、
「……力が出る薬。1滴飲めば岩をも動かせる！」
　と、樽のラベルを読むふりをして、叫んだ。

　トロールは舌なめずりをした。
「そうかそうか。おれは怪力だが、もっと力がつけば、もっと人間を
こわがらせることができる。やがてはトロールの王にもなれるぞ」
　どっかり浜辺に座りこみ、一気にひと樽を飲み干した。
「ふん、わるくない味だ」
　まぬけなトロールは、これがアルコールだとは夢にも知らない。

　2樽、3樽と、ぐびぐび飲み干し、
「おい、月が海に沈んだら知らせろ」
　4樽目を飲み干すと、ビョルフルに命じた。
　潮が満ちて、毛むくじゃらの足腰がぬれだした。だがトロールは、
ひとりで、げたげた笑いながら飲みつづける。月が海に沈んだらすぐ、
あの小僧が知らせにくるはずと安心しきって。

　だがやがて、ぎょっとして、目をむいた。
「大変だ！　朝日がのぼるぞ。あの役立たずは、どこへ行った！」
　よろよろと立ち上がり、浜辺を走りだした。
　だがもう遅い。
　朝日を浴びたトロールの足は、もう一歩も動かない。次の瞬間、毛
むくじゃらの体全体は固まり、たちまち石像に変わった。

　ビョルフルは、ほっとして、浜辺にひざまずいた。そして、
「……さま……さま⁉」
「神」という言葉が言えなくなっている。
　そう、遅すぎたのは、トロールだけではなかったのだ。
（おいらも……おいらもトロールになってしまうのか）
　ビョルフルのほおを、涙がぼうぼうと伝い落ちた。

＜ふしぎ通信＞

孤独な大岩

このお話のモデルになったアイスランドの村のクビトセルクル（悪いトロールの岩）は、海のなかにそそり立つ、大岩です。アイスランド地方の深い霧が生んだ伝説といえるでしょう。

隠れ住む人たち

アイスランドの住民の多くは、トロールの存在を信じています。同時に、「隠れ住む人たち」と呼ばれる妖精たちも、彼らには親しい存在です。道路がわざと鍵の手型に迂回しているのは、「エルフの領域」に踏みこまないための配慮です。レイクジャビークには、ある岩を迂回するように走る高速道路がありますが、これも、こうした妖精たちを怒らせないのが目的だと言われています。

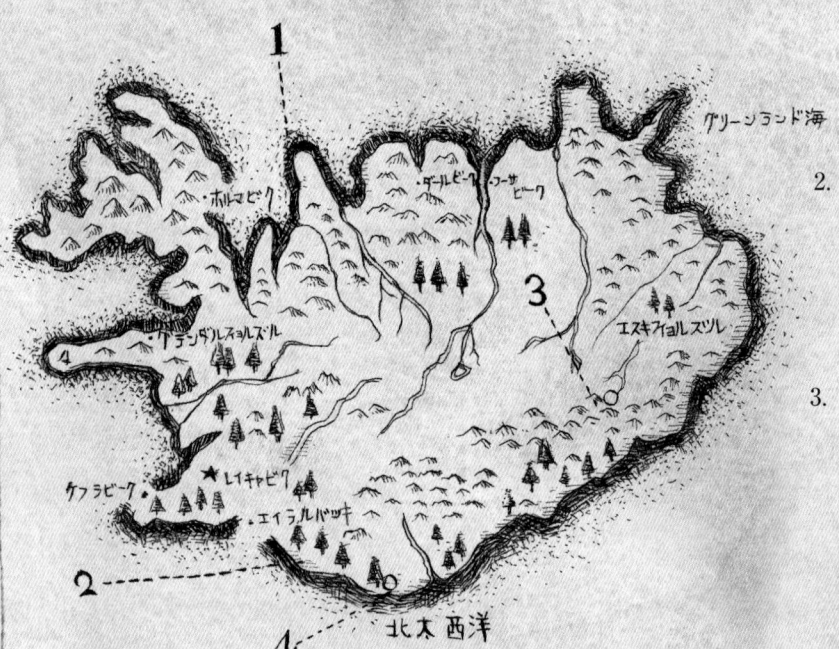

1. クビトセルクル岩（悪いトロールの岩）。

2. スコガフォースのトロール。スコガフォース滝に近い岩壁に、その顔が現れている。

3. カットルとケトリング。バトナヨークトル国立公園の最北端、ヨークルスアゥルグリューブル地区にあるトロールの老夫婦像。ほら穴から出た瞬間に固まった、と言われている。

4. レイニスドランガル岩柱群のトロール像。ビーク海岸で、3本マストの帆船に乗りこもうとしたところ、朝日に当たって固まったとされている。

トロールは巨人か小人か？

　北欧の神話では、トロールは巨人で、神々の親。森に住み、自然の化身といわれています。けれどもスカンジナビア半島の国々に、キリスト教が普及するにつれて、こんな巨人に立ち向かうのは無理だという声がわき上がります。そこで教会は、トロールのイメージを今までの巨人から、たちの悪い小人に変えようとしました。現在、トロールがいたずら者の小さな妖怪と考えられている地方もあるのは、そんな事情からです。

さらば フランケンシュタイン

17xx 年の凍（い）てつく晩秋の午後——
スイス、ジュネーブのサンジェルマン教会で

　教会堂から、死者の魂を慰める音楽が流れてきた。ステンドグラスの向こうには異様な風体の怪物がステンドグラスにはりつき、なかをのぞきこんでいる。巨体は冷たい雨風をものともしない。
　埋葬の儀式が始まった。
　最前列に着席したフランケンシュタイン博士の忠実な乳母シドワーヌが、ハンカチで目がしらをおさえた。

シドワーヌ

　おかわいそうなビクター坊ちゃま！　なぜあなたは、とりつかれたように、北極のすぐ近くへなどいらしたのです？　あなたが命を落とされたのは、寒さのためばかりではありませんね。何年か前、最愛のお母様を亡くされたのが、大きな原因でしょう。天使のようにやさしかったあのおかたは、病をえて亡くなりました。残されたご一家の皆様も、のちのち、あなたの婚約者となるエリザベス様も、たいそう落胆されました。でもビクター坊ちゃま、あなたは雄々しくも悲しみを断ち、科学者として生命の謎を解明すると決意なさったのですよ。

怪物

　おれは後悔すべきか？　いや、復讐を果たしたと喜ぶべきか。
　フランケンシュタイン博士は死んだ。おれが殺した。おれは、やつ

の愛する者たちを一人残らず、この手で殺した。そしてやつを地球の北の果ての、寒冷地へ誘いこみ凍死させた。おれの創造主は死に、おれは生き残った。それが運命だったのかもしれない。だが、一人取り残されたあとの、この孤独と憎悪は何だろう?

　パイプオルガンの音がやみ、司祭の説教が始まった。

　シドワーヌは、氷のように冷たい石の床にひざまずいた。ステンドグラスの向こうでは、怪物がまだ、なかのようすをうかがっている。

シドワーヌ

　ビクター坊ちゃま。お母様をお亡くしになってから、あなたは別人のようになられました。インゴルシュタット大学では最初、幼なじみのヘンリー・クラーバル様といっしょに、黄金を作り出す研究に取り組んでいらしたのですね。ところがお母様が亡くなると、あなたは誰ともつき合わず、ひとりで部屋に引きこもってしまわれました。心配したお父様のご命令で、わたしが学生寮をお訪ねしました。あのときの、ひどいお姿!　髪はぼさぼさ、何週間も着替えをなさっていらっしゃらないようで……。

　あなたが、そんなかっこうで、何をしていらしたのかを知ったとき、あたしは文字通り、腰をぬかしそうになりました。坊ちゃま、あなたは毎晩のように地下墓地から死体を盗みだしていらしたのですね!　学生寮のあなたのお部屋の戸を開けたとたん、あたしは目の前のおぞましい光景に、思わず十字を切りました。

　おお、神よ、お許しくださいませ!　テーブルの上には、寄せ集めの手や足を縫ってつないだ人体が横たえられていたのです。

怪物

　おれは何者だ?　いまだにわからない。

　おれは虚無から生まれた。ひどい吹雪の夜に。目を開けると、見知らぬ部屋のテーブルの上に横たえられていた。なんの記憶もなく。

　おれは、わが創造主フランケンシュタイン博士のほうへ体を向けた。世界中でただ一人、おれのこの巨体を支配できるのが、こいつだ。おれはやつのちっぽけな手に、手をさしのべ、

（何か言ってくれ！　おれを助けてくれ！）

　火のなかで叫んだ。だがフランケンシュタインはふるえあがり、悪魔を見るような目でおれを見ると、部屋のすみに逃げこんだ。おれは、マントかけからやつのマントを奪うと、ぬい傷だらけの体にひっかけ、闇のなかへとびだした。雷鳴がとどろき、稲妻が光った。

　教会堂のなかでは、会衆が立ちあがり、祭壇の前にすえられた木のひつぎを見つめている。司祭が聖書を読み始めた。

シドワーヌ

　ええ、たしかに、あたしは逃げ出しました——一度は。でもビクター坊ちゃま、あたしはあなたを見捨てたわけではありませんでした。ついさっき見た、あの恐ろしい物を頭から追い払い、神の怒りのような雷鳴に耳をふさいで、あなたの部屋の下まで戻ってきたのです。そのとき、あの死体が階段をかけおりてきました！　小さすぎるマントで裸の体をかくして。力が強そうで、長い茶色の髪を振り乱した大男でした。黄ばんだ肌のあちこちに縫合したての傷あとが見えて——。最初はてっきり、怪物が坊ちゃまを殺して逃げてきたのかと思いました。でも、坊ちゃま、学生寮のお部屋にかけ戻ると、あなたはごぶじでした。ベッドのかけぶとんから、目だけだし、ほおに涙のあとをつけて。傷ついた子どものようにあたしを見つめておいででしたね。

　あたしは、それから何週間もつきっきりで、あなたを看病しました。でも全快はなさらなかった。お父様が、ご養子でも実の娘同様に愛しておられた、幼い妹のジュスティーヌ様を連れてお見舞いにみえても、あなたの表情はうつろでした。それも当然、ビクター坊ちゃま、あなたは、神をもおそれぬことをしてかされたのです！

怪物

　おれを見て逃げなかったのは、目の不自由なあの老人だけだった。目が見えるやつなら、すぐ逃げ出すか、銃を向けてきたことだろう。

　誰もが、おれをおそれ憎む。おれのせいか？　いやちがう。おれに命をあたえた、フランケンシュタインのせいだ。おれの心のなかで、フランケンシュタイン博士への憎悪が、孤独と屈辱と悲しみを糧に育

っていった。おれは奪ったマントのポケットに入っていた手紙の住所を頼りに、スイスのジュネーブへ向かった。やつの実家を探し当てると、弟ウィリアムの首をへしおり、幼い妹ジュスティーヌに、あらぬ疑いがかかるよう細工した。それが、このみにくいおれを創り上げたフランケンシュタイン博士への復讐の手始めだった。

シドワーヌ

　ビクター坊ちゃま。あれ以来、あなたのご家族につぎつぎと不幸が襲いかかりました。弟様が殺され、妹様は無実の罪で牢獄へ送られ、そこで首吊り自殺をなさいました。あなたが理性を失われるのも、当然のなりゆきでしょう。あたしは、坊ちゃまが、
「おれのせいだ。こんなことになったのはぜんぶ、おれのせいなんだ、怪物の復讐を、なんとかとめなければ……」
　と、なんどもつぶやくのを耳にしています。
　やがてあなたは、怪物のゆくえを追って、旅に出られました。

怪物

　おれは、追いかけてきたフランケンシュタイン博士に提案した。
　おまえはおれを創造した。同じ方法で、おれの妻となる女の怪物を

創り出せ。そうすればおまえの命は助けてやろうと。この姿で、誰にも愛されずに生きるのは耐えられない。だが伴侶をえれば、人里離れた島でも生きていくことができると。フランケンシュタインは一瞬考え、拒んだ。おれのような怪物の子孫がふえるのをおそれたのだ。

おれはただちに復讐を再開し、やつの幼友だちを殺した。

賛美歌とパイプオルガンの音がやみ、教会堂はしずけさに包まれた。

シドワーヌ

ビクター坊ちゃま。あたしはなんとしても、あなたをお止めするべきでした。もう、あんな怪物にかまわないでと。あなたが出発なさったすぐあと、幼友だちのヘンリー・クラーバル様が殺されました。これ以上、あの怪物にかかわれば、こんどはあなたが殺人犯にされかねません。あたしは心配で、夜も眠れませんでした。

そのようななか、あたしの、ゆいいつの心のなぐさめは、あなたとエリザベス様が婚約なさったことです。でも、それもつかのま——。

怪物

フランケンシュタインは、おれを世界一孤独にした。おれに愛とは無縁の、死より耐えがたい人生をあたえた。

おれは復讐せずにいられなかった。やつにも、おれと同じ苦しみを味あわせてやる！　やつの結婚式の前日、おれは花嫁の寝室にしのびこみ、首をしめて殺した。

こんどは、フランケンシュタインが復讐の鬼と化した。やつの頭のなかは、おれを見つけ出し、この世から抹殺するという考えでいっぱいだ。おれは逃げた。わざと足跡を残しながら、逃げつづけた。ときには、もう一歩で手がとどきそうなところまでおびきよせた。常にやつの先を行き、北へ北へと誘った。そしてついに、世界の北の果てに近い、イギリスの小さな無人島に誘いこんだ。憎しみに燃えた博士は、おれを探そうと、寒さと孤独と戦い——ついに命尽きたのだ。

シドワーヌ

ビクター坊ちゃまは、凍りついた小舟の上で息絶えた姿で発見され

ました。おかわいそうに、あんな寒くてさびしい場所で！　坊ちゃま
は、何かにとりつかれたように、小さな犬橇を走らせ、島の果ての海
岸までいらしたそうですね。坊ちゃま。あたしが首からさげているメ
ダルが、ごらんになれますか？　あたしはこのメダルを握りしめるた
びに、あなたと不幸なご家族のことを思います。すると必ず、吹雪の
夜にすれちがった、あの怪物の顔が浮かび上がってくるのです。あな
たは寄せ集めた死体から、新しい命を創りだそうとなさいました。神
をも恐れぬ行為です。ただあなた様が安らかに、永久の眠りにつかれ
ることを望むばかりです。さようなら、ビクター坊ちゃま！

　葬送の音楽が鳴り響く。6人の男が進み出て、ひつぎをかついだ。
フランケンシュタイン博士の遺体を埋葬するときがきたのだ。

　怪物は教会の窓を離れ、まっすぐイバラの茂みに消えた。それに気づいた者は、一人もなかった。

怪物

　おれは歩く。それがすべての始まりだ。野を横切り、谷をくだり、いくつもの山を越える。人里をさけ、夜は洞穴で眠る。そして、世界の果てに着いたなら、たきぎに火をつけ、炎に身を投げよう。おれの罪を清める炎に。それが、おれが自分の創造主を殺害した罪の報いとなるだろう。さらば、フランケンシュタイン博士。わが創造主よ！

　6か月後、ジュネーブで——。

　故フランケンシュタイン博士の忠実な乳母だったシドワーヌが、ある家の草深い中庭の洗濯場から出てきた。洗濯物をいっぱい入れた、大きな籐のバスケットをかかえて。

　彼女はふと立ち止まり、スカートのポケットに手を入れた。すると、

「熱つっ！　坊ちゃまの形見のメダルが……」

　とたんにペンダントはポケットをとびだし、地面に落ちると、真っ赤になり、次に黄色くなった。それからすぐ、炎にとけて、あとかたもなくなった。

＜ふしぎ通信＞

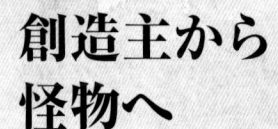

創造主から
怪物へ

「フランケンシュタイン」とはもともと、小説のなかで、怪物を生み出した科学者の名前でした。さまざまな伝説や映画を経て、詩人シェリーの夫人メアリーが書いた小説の主人公の名前となります。

フランケンシュタイン役者の苦労

1931年、アメリカのハリウッドで映画『フランケンシュタイン』が制作されることになりました。ジェームズ・ホエール監督はジャック・ピアースに特殊メークを依頼しました。ピアースは3か月間、解剖学と外科学を研究し、怪物のメークを決定しました。それ以来、フランケンシュタインは四角い顔で、大きな傷があり、左右の耳の上あたりに、金属棒が刺さっているのが、定番となっています。フランケンシュタイン役のボリス・カーロフは、撮影ごとに、何時間もかけてメーキャップを行い、20キロ以上もある衣装に耐えたということです。

時代とともに変わる
生命の創造への考え

中世ヨーロッパでは、人間の運命は神が決めると考えられていました。病気になるのも神のご意思というわけです。そんな時代に、死体を解剖して人体の機能を調べようとすれば、激しい非難を覚悟しなければなりませんでした。けれども時代が進み、科学が進歩すると、墓場荒らしをやとって死体を手に入れ、それを解剖して、医学と人体の研究に役立てようとする動きが、当然のようにさかんになりました。

雨が生んだ傑作

　1817年の夏。スイスのレマン湖畔にあるバイロン卿の別荘に、詩人のシェリー夫妻が訪ねてきました。雨の日がつづき、みんながたいくつしていたとき、バイロンが怪奇小説を書こうと提案しました。そのときシェリー夫人で18歳のメアリーが書いたのが『フランケンシュタインあるいは現代のプロメテウス』という作品。現在のフランケンシュタイン小説の大もとです。一方、バイロンは吸血鬼が登場する小説のあらすじを思いついたといわれています。それが有名な『吸血鬼ドラキュラ』という小説になりました。

怪鳥ワキニャンタンカの怒り

ヒグマたちの目覚めより1か月後──太陽の地の果てで

　時ならぬ嵐で、インディアンの村一帯は真っ暗。雷雨は激しくなる一方だ。テントのなかで、酋長レナード・バイラントは不安におののいていた。

　この嵐はもしや、大自然の怒りの現れではないのか？　部族一同で、怒りをしずめるため、あらゆる努力をした。だがいまだ、効果はない。

　酋長のテントの前には、水牛の皮をかぶった3人の若者が、ふりしきる雨をものともせずに立っている。まもなく、このなかの一人が酋長の娘婿に選ばれる。酋長の娘が出てきて、いっしょの毛皮におさまった者が、未来の夫となるのだ。

　（いない！　いないじゃないの！　あの人が！）

　酋長の娘ナヒーニャは、テントのすきまから外をのぞくと、

「父さん！　ウールランが、いないわ！　なぜよ？」

　父の酋長を激しく問い詰めた。酋長はいらだたしげに答えた。

「だから言ったろう！　あいつは弱虫だ。敵の頭の皮を1枚も剝いだことがない。狩りも漁もだめだ。おまえも認めるな」

　ナヒーニャは目を吊り上げて言い返した。

「そんなの、彼のせいじゃないわ！　彼の目には霧がかかっているの。そんな目で、どうやって的を定めるの！　彼は弱虫じゃないわ。勇気を示すチャンスがないだけよ」

　あたりの空気をふるわせ、雷鳴が鳴り渡る。酋長はテントの天井をあおいだ。外にいる３人の若者は、目をふせたまま、顔をあげようとしない。雲の後ろに、この嵐を起こした怪鳥がひそんでいるのだ。

　怪鳥の名は「ワキニャン・タンカ」。白人たちは「サンダーバード」と呼ぶ。この怪鳥をまともに見た者は、「ヘヨカ」と呼ばれる状態になる。体を洗おうとすれば、もっと汚れ、右に行こうとすれば足が左に行ってしまう。馬には逆向きにしか乗れない。

　外では３人の若者が、うつむいて豪雨をしのいでいる。

　酋長は、雷雨をついて外に出ると、３人の若者に呼びかけた。

「勇気ある者たちに使命をあたえる。聖山に行き、怪鳥の怒りを解く

すべを探せ。使命を達成した者に、わが娘をあたえる」

　ナヒーニャは、父をにらみつけ、

「父さん！　わたしは物じゃないのよ！」

　と叫び、次の瞬間、さっとほおをそめた。

　３人の若者が、４人にふえている！　ひたいに、貝殻とヤマアラシのトゲを飾ったバンダナを巻いた青年、ウールランだ。バンダナはこの前の満月の夜、ナヒーニャが贈ったものだった。

　ウールランは、豪雨と３人のライバルの冷笑をものともせず、すっくと立っている。視力は弱いが、ウールランには、自慢できるものが一つある——頭のよさだ。ウールランは、頭を使って嵐を止め、ナヒーニャとの結婚を勝ち取るつもりだった。

　雨はやまない。４人の若者は馬にまたがり、霧がたちこめる川辺から、暗い野原と砂漠を越えて、聖なる森に着いた。ウールランは馬からおりると先頭に立って、がけをのぼりだした。だが視力が弱くて、まわりがよく見えない。

「ぐずぐずするな！」「早く歩け！」「日が暮れるぞ！」

　ほかの３人に、後ろからどなられながら、よろよろと進む。

　小石につまずき、木の根にひっかかり、手は傷だらけだ。

　するととつぜん、１羽の小さなツバメがウールランの頭上を飛び回りだした。ウールランは足をとめ、後ろの３人に呼びかけた。

「あのツバメに、ついていこう！」

　３人はいっせいに、首を横にふった。

「ありゃ、ツバメだろ」

「ワキニャン・タンカじゃない」

「おまえ、目ばっかりか、頭も弱いんだな」

　ウールランは、ひるまず言い返した。

「いや、ぼくにはわかる。あのツバメは道案内だよ！」

「怒った怪鳥が、ヒグマだのコヨーテだの水牛を送りつけて、おれたちを追っ払おうってのなら、わかるけどな」

「ちっこいツバメなんかよこして、どうするつもりだ？」

「ツバメについていくのなんか、ごめんだ」
　３人は、声を合わせて叫んだ。
「じゃ、勝手にしてくれ。ぼくは行く」
　ウールランはきっぱり言った。すると、足が勝手に動きだした！

　ウールランが、ツバメについて、目の前の急ながけをのぼりきった
とたんに、黒い巨大な鳥が姿を現した。
（ワキニャン・タンカだ！）
　ウールランは凍りついた。怪鳥が大きな爪をがっと開いて、ウール
ランめがけて、舞い降りてくる。
　がけの下では、あとの３人が大声を上げ、怪鳥に石を投げつけ、追
い払おうとした。ライバルとはいえ、ウールランも仲間の一人なのだ。
だが嵐はますます激しくなるばかり。しかも、怪鳥はつぶてなど、も
のともしない。
　怪鳥は、ウールランの前に、ゆうゆうと降り立った。巨大なくちば
しを開け、大きな鋭い歯をずらりと見せた。ウールランは両腕で頭を
かばった。次の瞬間、足が地を離れるのを感じた。

　怪鳥はウールランをかぎ爪でつかみ、雷雨の向こう側へ運んでいく。
　ウールランの心は、恐怖と悲しみでいっぱいだった。
（ぼくは死ぬんだ。愛するナヒーニャの顔を見ずに死ぬなんて！）
　３人のライバルはふるえ上がり、振り向きもせず逃げ出した。
　巨大な怪鳥は、ものすごいスピードで飛んでいく！　はるか遠くに
緑の草原や青い川がかすんで見える。やがて、大岩と巨大な松の大木
が見えてきた。こずえには、何か白くて丸い物がくっついている。
（巣だ。こいつ、ぼくをどうするつもりだろう？）

　怪鳥は巨木の上を何度か旋回すると、一声激しく鳴き、ウールラン
を巣の上におろした。巣は踏むとカシャカシャ、奇妙な音をたてる。
（骨だ！　ここにあるのは、みんな骨じゃないか！）
　ウールランは凍りついた。酋長のテントと同じくらい広い巣は、さ
まざまな形や大きさの骨を積み重ねて作られている！　その中央には、

　巨大な卵がどんと置かれている。ウールランはぞっとした。

　からが破れかけているのは、もうすぐ生まれてくる、ということだ。

（落ち着け。落ち着くんだ）

　ウールランはふるえながら、自分を励まして立ち上がった。

　だがその間にも、カツカツカツという音は、激しくなるばかり。

　ひなが、くちばしでからをつつく音だ。

（ひながかえったら、ぼくをエサにするつもりか⁉）

　ウールランは悲鳴を上げそうになり、次の瞬間、息を飲みこんだ。

　岩壁を、するすると何かがのぼってきた。

　大蛇だ！　ものすごく大きい、石のヘビ。

　大蛇は怪鳥の卵のまわりに、ぐるぐる巻きつき始めた。ウールランはナヒーニャからもらったバンダナで、ひたいをぬぐった。

　そのとき、とつぜん雷鳴がとどろいた。怪鳥が攻撃に出たのだ。

　怪鳥は大蛇から卵を守ろうと激しくはばたく。巨大な目でまばたきをするたび、ものすごい稲妻が走った。

　だが大蛇は雷鳴にもおびえず、稲妻をものともしない。巨大なくちばしでつつかれても動じない。怪鳥のひながかえったら、すぐさまくわえて、岩の割れ目に飛びこむつもりなのだ。

　そのとき、怪鳥が、ウールランを振り向いた。

　ウールランはふるえ上がった。怪鳥ワキニャン・タンカと目が合えば、たちまち「ヘヨカ」になる。やることなすこと、すべてが自分の意志とは逆になってしまう。そんなことになったら……。

　だが次の瞬間、ふと気がついた。

　（こいつは、困っている。ぼくに助けを求めている。だいじなひなを救ってくれと頼んでいるんだ！　でも……）。

　ウールランは、心のなかで、怪鳥に呼びかけた。

　（ワキニャン・タンカよ、聞いてくれ。ぼくの村で一番強い戦士だって、こんな大蛇には、勝てっこないと思うよ。しかも、ぼくはまだ若い。どうしていいか、わからない……）

　怪鳥ワキニャン・タンカは、ウールランをじっと見つめた。

　ウールランが今まで見たこともない、悲しげなまなざしだった。

　こんなにでかくて強そうな鳥が、わが子を守りきれずに、困り果てている。

　（わかった。ぼくが、なんとかしてやるよ！）

　ウールランは怪鳥を見つめた。そのとき、卵が割れた。

　石の大蛇が鎌首をもたげ、首を出したひなに襲いかかろうとする。ウールランは、大蛇にとびかかると、ナヒーニャからもらったバンダナをさっとはずして、大蛇の目をふさいだ。大蛇は頭を激しく動かし、怪鳥の巣の端で、のたうちまわる。ウールランはすかさず大蛇の腹の下にもぐりこんだ。大蛇はバランスをくずして地上に落ち、粉々にくだけた。

　怪鳥ワキニャン・タンカは、ひなを翼の下にかき抱き、まばたきをした。ウールランは、強烈な光に目を射られ、倒れて意識を失った。

　気がつくとウールランは、大空のまんなかにいた。
（ぼくは空を飛んでいる！　しかも、目がとってもよく見える！）
　怪鳥が放つ強烈な光が、彼に視力をあたえてくれたのだ。
　ウールランは、怪鳥ワキニャン・タンカに抱えられ、空を飛びつづけた。そして怪鳥は、ウールランをテントの前におろして飛び去った。
　激しいはばたきの音がおさまると、ナヒーニャが飛び出してきた。
　ウールランは愛するナヒーニャを固く抱きしめた。
　バンダナを失ったウールランの髪には、黒い大きな羽根が１本ささり、きらきらと輝いていた。怪鳥ワキニャン・タンカの羽根が１本。
　こうしてウールランは、伝説のインディアンとなったのだ。

＜ふしぎ通信＞

嘘つきには、厳しい罰を！

伝説の怪鳥ワキニャン・タンカ（サンダーバード）は、雲の後ろにかくれ、雷鳴と稲妻を発生させると言われています。

アメリカインディアン、スー族の間では、この怪鳥と目を合わせた者は、「ヘヨカ」といって、自分の意志とは正反対のことをするようになると言い伝えられています。ワキニャン・タンカと目を合わせた者は即死すると言う部族もあります。ワキニャン・タンカは真実を見分ける力があり、嘘をついた者は、雷で打ち殺し、正直者はシャーマン（呪術師）とする、とも言われています。

信じる者の心に生きる

ワキニャン・タンカは、サンダーバードを始め、さまざまな名前で呼ばれます。アメリカ北西部に住むインディアンたちは、伝説の怪鳥ワキニャン・タンカの存在をかたく信じ、その姿を壁画や、彫刻やトーテムポールで表現しました。雷鳴と稲妻とともに現れる、自然の化身と考えられています。

アメリカ空軍アクロバット飛行隊のマスコット

アメリカ空軍のアクロバット飛行隊は、「サンダーバード」と名づけられ、飛行機には、「ワキニャン・タンカ（サンダーバード）」の巨大な紋章をつけています。

伝説の怪鳥？ それとも現実の鳥？

　ワキニャン・タンカを、実在の鳥だと信じる人もいます。

　4メートル以上の翼をもつ巨大な鳥が、雷鳴に似た音をたてて飛ぶのを目撃したという証言も、確かにあるのです。ただしこれは、カリフォルニア・コンドルと間違えたか、先史時代の猛禽類の生き残りかもしれないと、言われています。

ジェボーダンの獣

1815年1月12日木曜日──
フランス、サン・シェリー・ダプシェのロカブリュンヌ農園で

　村人たちが、館の大きな木のテーブルに座りくるみを割っている。
　暖炉の前で遊ぶ子どもたちを見ながら、うわさ話が始まった。結婚式、誕生、葬式……。話題がとぎれ、くるみを割る音だけが部屋に響き渡る。ロカブリュンヌ農園の女当主マリが、くるみのからの山から目を上げ、テーブルの端に座っている、一人の男をみつめた。
「ジャン！　今夜は、ずいぶんおとなしいのね。どうしたの？」
「おれが黙っているのは、今日が特別な日だからだ。ちょうど50年前の今日、すなわち、1765年1月12日、おれは、ジェボーダンの獣に、さらわれかけた。12歳だった。今でも悪夢にうなされるよ」
　くるみを割る、木づちの音がいっせいにやんだ。ジャンは、ゆっくり話し始めた。
「おれたちは、男の子5人と女の子2人の、ぜんぶで7人。子どもながらに、村を獣から守るため、自警団を結成したんだ。こん棒片手に村のまわりをまわってな。だが、あの怪物には、まったく効き目がなかったよ。獣は音もなくしのびより、とつぜん襲いかかってきた。大きな口をぐわっとあけて男の子のひとりにかみつき、ひきずりはじめた。目にもとまらぬ早業だ！　文字通り悪魔の申し子さ。獣は、おれたちのなかでも一番小柄なやつに目をつけたのさ」
「その子、死んじゃったの？　ジャンおじさん！」

　暖炉の前で、ひとりの女の子が、人形を抱きしめて聞いた。

「もちろん、だいじょうぶだったさ。誰が、あんな怪物の好き放題にさせておくものか。ナイフを持っている者は、急いでナイフを棒の先にくくりつけて、つきつけた。武器をもっていない者はげんこつをふるい、やっとの思いで、怪物からふるえるその子を取り戻した。怪物は退散したよ。ところが5分もしないうちに、また現れた。やつは少し遠くから、こっちをじっとみつめている。獲物を選んでいたのさ。狙われたのは、ほかでもない、このおれだったのさ」

　ジャンは力まかせに木づちをふるい、くるみを割るとつづけた。

「いや、恐ろしかったの。なんの！　獣はあっというまにおれをくわえて走りだした。みんなが投げたロープが首にかかった。だが獣はそれをふりきり、おれの腕にかみついた。あまりの痛さに、おれは悲鳴を上げた。だが気絶はしなかったぞ。獣は、おれをひきずって走りつづける。恐ろしい吠え声に、ほかの子たちは逃げまどい、おれがさらわれるのを、手をこまねいて見ているだけだ。おれが今、ここにいるのは、あのジャック・アンドレのおかげさ。ジャックは、ほかの子たちを説得して、獣を追いかけた。そして、先頭に立って戦い、獣をおいつめた。獣はついに、おれをあきらめた。ジャック・アンドレ・ポルトフェ！　わが命の恩人。誇り高く、勇気ある男。ジャックの魂よ、やすらかに眠れ！」

　ジャンはおごそかに言い、実を傷つけず、巧みにくるみのからを割った。そのとき、外で遠吠えが聞こえた、オオカミ？　それとも……。木づちの音が一瞬やんだ。誰もが、あの獣のことを思わずにいられなかったのだ。一同の目が、ジャンの腕の傷にひきつけられる。

「獣は大きかったの？　どのくらい？」

　ひとりの男の子が聞いた。ジャンは男の子を見つめた。

「大きいなんてもんじゃなかったぞ！　犬かオオカミか──いや、牛やクマぐらいあったかな。獣が大口をがっとあけると、最初に見えたのが、でっかいきばだ。今でも忘れられんがな。どんな鋭いナイフよりとがっていた。剣みたいな歯がずらりと並んだ口のまわりには、血のりがべっとりついている。大きくてがっしりしていて、見るもおぞましい尾っぽがついていた。全身、真っ赤な毛に覆われ、背中には1

本、黒いすじがあった。耳は体の割に小さくてな。だがおれたちの悲鳴を、ひとつも聞きもらすまいというように、ぴんと立っていた。人間を恐れぬ、恐ろしい獣だよ」

「きっと人間が、おいしかったのね」

マリが身ぶるいしながら言った。ジャンは大きくうなずいた。

「そのとおりさ。襲われたのは、おれたちが最初じゃなかった。その半年前に、まず牛飼いの女が狙われた。だが運よく牛の群れに守られて助かった。だが、その夏、10人もの子どもや若者があの獣の餌食になった。なかには、おれと顔見知りのジャンヌ・ブーレって女の子もいた。まだ14歳だったよ。しかも、あいつはただ人間を食っただけじゃない。なんと、頭を食いちぎるのが好きだったんだ」

「いや、あれは、じつに悪がしこい獣でのお！」

　みんながいっせいに、テーブルの中央に顔を向けた。マリ・ロカブリュンヌの父が、古いひじかけいすをゆするとつづけた。

「やつは、けっしてつかまらなかった。狩人の一団が捕獲に向かったが、だめでの。ついには、ルイ15世が関心をもって、兵士の一団を送りこんできた。これが高くついてなあ！　やつらは毎日、宴会ばかりで、まったく働かん。結局、1764年11月、われわれ農民が兵隊に頼らず自警団を組織したのさ。銃と剣とこん棒で武装した千人以上の有志が、森から獣を追いだそうとした。わしらは初雪の降る森に踏みこんだ。いいところまで追い詰めたが、逃げられた。そして別の人間を餌食にしつづけたのさ。その年の秋だけで、獣は17回、出現した。ある娘は、死後1週間目に発見された。首なしでな。6,000リーブルの懸賞金がかかったが、誰ももらえなかった。ある男が、自分の村のまわりをうろつく獣を見つけ、2発くらわせたが、あっというまに逃げ去ったそうだ」

「まあ！　2発も撃たれて、それでも、倒れなかったの？」

　マリがきいた。

　マリの父は一瞬、まゆをひそめ、うなずいた。

「そうなんじゃ。証拠もあった」

　ジャンは立ち上がると、老人の肩をたたいた

「ご老体の言うとおり。あいつは不死身だった。ナイフも歯が立たん。不死身の怪獣、ジェボーダンの獣の正体は何だろう？」

　みんながいっせいに口を開いた。オオカミか。獣の皮をかぶった人間か。ふつうの動物なら、人間の頭を食いちぎって、かくすとは思えない……。神罰だという者もいて、1764年のクリスマスには、司祭が呼ばれ、懺悔の祈りを捧げたという。

「だが神のお力も及ばなかったのさ！」

　ジャンはくやしそうに言うと、つづけた。

「獣は、それから20日もしないうちに、また人をいたぶり殺した。1月から2月の半ばまでに、25回も出現した。それまでに、さらわれて生き残ったのは、おれを含めて、たったの9人だった。獣はついに『無敵の怪獣』と呼ばれるようになり、懸賞金は9,000リーブルに上

　がったが、つかまらなかった。しかも、村までおりてきたのがわかった。ある家の窓に、2つの足跡がついていたんだよ」

　ジャンはいすに座りなおすと、木づちをふるい、くるみを割った。

　ひじかけいすがきしむ音がして、マリの老父がまた話しだした。

「わしは2度目の獣狩りには加わらなかった。1765年、2万人の有志が参加した狩りで、参加したわしの親父からは、それがどれほど厳しいものかは聞いておる。真冬で、指先が凍りそうに冷たく、かんたんには進めない。谷間の道はぬかるんで、歩きにくい。やっと、山のふもとまで来ると、深い森があった。獣が楽にかくれることができるような、岩のあいだや洞窟や大木の陰が、あちこちにあるのさ。

　人間たちが厳しい自然と戦っているあいだに、獣は5か月で68回も攻撃してきた。新聞は自警団を、こしぬけと抜かしおった。国王はオオカミ狩りのプロを送りこんできたが、こいつもだめでな。猟犬を使って追い立てようとしたが、犬どもはまったく反応しない。毒えさも効かなかった」

　マリ・ロカブリュンヌがオーブンから、焼きたてのアップルパイを出し、はちみつをかけて、テーブルに出した。大人も子どもも、ポケットから自分のスプーンを出し、大急ぎでパイを切り取る。そして、ほおばりながら、ジャンとご老体の獣の話に耳を傾けた。

「幼い弟の子守りをしていた、9歳の男の子が狙われた」
「母親が立ち向かって、2人を守ったんだよな、ご老体」
　ジャンが確かめるように聞く。マリの父親はうなずいた。
「そのとおり。そこの家では、前にも6歳の男の子が襲われた。兄たちが2人がかりで獣を追い払ったそうだがの。男の子は死んだよ」
「母親は報奨金の300リーブルを受け取ったが、だいじな息子の命は、金じゃ買えん……」

　部屋に重い沈黙が落ちた。マリがとりなすように言った。
「でも、獣はもう、殺されたんでしょ。だったらもう、もう安心ね」
「いや、そうはいかんのさ」
　ジャンがぼそりと言うとつづけた。
「獣は不死身らしい。2度も生き返っている。最初は国王軍の兵隊に、火縄銃で撃ち殺され、毛皮も公開された。ところが、そのすぐあとに、また人々が襲われる騒ぎが起こった。幸い獣はまた殺された。1767年の初夏、ジャン・シャテルという男の手でな。シャテルの名はフランス中にとどろき渡った。だが——」
　ジャンは、マリの老父と目を見交わした。

「ねえ！　それで、獣はどうなったのさ⁉」
　子どもの一人が聞いた。ジャンが答えた。

「ベルサイユ宮殿に運ばれる前に剥製にされた。だが、やりかたが、へたでな。城に着いたときは、悪臭ぷんぷん。結局、王様のお鼻をけがさぬよう、庭園のどこかに埋められた。そうだよな、ご老体？」

「ああ、そうじゃ。しかも、誰も知らない場所にのう」

「つまり、もしかして——獣はまた生き返ってくるかもしれないと？」

　誰かが、ささやくように言った。

　そのとき、外で不思議な声がした。

　ぐわぉおーん！

＜ふしぎ通信＞

獣と狩人 有名なのはどちら？

1767年6月17日。ジャン・シャテルという男がジェボーダンの獣を1発でしとめました。すると、ダプシェの公爵ジャン・ジョゼフ公が、シャテルの火縄銃を買い上げると言い出しました。お金で栄誉を横取りしようとしたのです。けれども公爵のもくろみは成功しませんでした。その結果、シャテルの名は今に残ったのです。

世紀を越えて 語り継がれる伝説

ジェボーダンの獣は、フランスの田舎に昔からよくある伝説の一つです。おそろしい獣が、自警団の子どもたちをさらい、森に入った有志たちを襲撃したという話が残っています。何世紀にもわたって語り継がれるうちに、恐ろしい獣の姿は、だんだんおおげさになり、今では嘘とほんとうの境がわからなくなっています。とはいえ、獣が大きなオオカミに似ているとされる点は変わりません。「赤ずきん」をはじめ、昔ばなしにも「大きな悪いオオカミ」がよく出てきます。オオカミは、昔から悪役の第一人者なのですね。

 ジェボーダンの怪獣の攻撃歴

- 1764年6月：ランゴーニュに出現。
- 1764年6月30日：サンテチェンヌ・ド・ルブダールで最初の被害者が出る（ジャンヌ・ブーレという少女）。
- 1764年10月7日：アプシェで若い娘の首なし死体が見つかる。1週間後、頭部が発見された。
- 1765年1月12日：ビラレで。ジャンと6人の仲間が襲われる。
- 1765年3月13日：サンタルバン・シュル・リマニョールで、ジューブ一家が襲われる。
- 1767年6月18日：レビニエールで、さいごの犠牲者。
- 1767年6月19日：ジェボーダンの怪獣、ソーニュ付近で殺される。

神の懲罰か？

　ジェボーダンの獣とは何物かという議論は、1815年以来、科学者や作家を巻きこみ、今まで絶えることなく続いています。神が人間を罰するためにつかわした狼男だとする説もあればハイエナかクマだろうとする説もあります。1958年に発見された、獣の検死解剖書では、イヌ科の動物で、たぶんイヌかオオカミだろうと結んでいます。だれかがイヌに、銃弾をはね返すイノシシの皮を着せ、人を襲わせたのだろうと推測する人たちもいます。飼いイヌをけしかけて他人を襲わせ、それをジェボーダンの獣のせいにしたというのです。しかも、ジェボーダンの獣を退治したジャン・シャテルこそ、悪事の真犯人ではないかという説まであるのです。

1903年——ヒマラヤ山脈で

　ああ、この絶景！　さまざまな登山を経験した私だが、ヒマラヤは格別だ。筆舌に尽くし難い美しさと、猛々しさ！　これほど難しい山には、出会ったことがない。ベースキャンプで数日間、体を慣らしたが、ヒマラヤの気候はまことに厳しい。一歩進むのも、やっとの思いだ。操り人形のようなこの歩き方を見たら、ロンドンの王立協会（1660年に創設された英国最古の自然科学者の学術団体）の同僚たちは、皮肉な笑いを浮かべて、言うだろう。
「ウィリアム・ナイトよ。そろそろ、お茶にしたらどうだ？」
　と。私はイギリス人。世界中、どこにいても、たしかにお茶の時間は欠かせない。
　先ほど、シェルパの娘ラティカが、お茶の道具を背負って先を越して行った。

　少し高いところでは、シェルパたちがキャンプを設営中だ。あそこまで行くには、岩だらけの道をさらに30分以上、登る必要がある。
　私はその場に座りこんだ。
　ラティカは、とっくにたどり着き、シェルパたちのそばでせっせと動き回って、お茶をわかしている。10歳の少女で、棒のようにやせているが、重い荷物を軽々と背負って歩く。勝ち気な少女で、父親が厳しくとめなければ、真っ先に頂上に着いていたはずだ。

　やがて、私もラティカたちのところまで登った。キャンプは、岩に囲まれた平らな地面に設営されている。ところどころ雪が残り、岩のあいだに、シャクナゲが咲き誇っている。このぶんなら、明日の行程はかなり楽だろうと、私は思った。この厚い皮の登山靴なら、氷河の上を軽々と歩けそうだ。ラティカは、はだしで動きまわり、私のために、大きな帆布のひじかけいすを広げている。一刻も早く、そのいすに座って、両足を思い切り伸ばしたい！　そして1杯のお茶を！

　ところが、ラティカからティーカップを受け取ったとたん、シェルパの隊長とシェルパたちがさかんに言い合う声が耳に入ってきた。言葉はひとこともわからないが。なんだか大変なことになっているらしい。私はしぶしぶティーカップを地面に置いた。するとシェルパの隊長が近づいてきた。彼はラティカの父親で、手には一房の毛髪を握りしめていた。

「ミスター・ナイト、シェルパたちが見つけた。岩に引っかかっていた。石のクマの毛——恐ろしい雪男の毛」

「ヒツジの毛だろう！　大げさな話をでっちあげて、賃銀をつりあげるつもりだな！　そのてにはのらないぞ」

　私は重々しく言った。だがシェルパの隊長は首を横に振り、

「ヒマラヤの峰、雪男が出る。昔からの伝説。ほんとに見たという人も、たくさんいる。人間よりずっと大きい、全身茶色の毛。こんなキャンプ、どんとひとつき、ぐちゃぐちゃ」

　そんな伝説のために、だいじな探検を台無しにされてはたまらない。私はシェルパの隊長に、今夜はここで過ごし、朝になったら話そうと頼みこんだ。隊長は、シェルパたちを説得してくれた。日が沈み、谷間から雲が上がってきて、私たちを風と寒さで包んだ。

　私はすぐテントに入った。だがやがて、ラティカの声で目覚めた。

「イエティ！　イエティ、いた！　イエティ、いた！」

　と繰り返し、叫んでいる。私は思わず毛布をはいで、テントをとびだした。ラティカは私をキャンプの端に引っ張っていった。

　夜の闇のなか、濃い霧に包まれ、ぼんやりと影が見える。

　そうか！　道に迷ったシェルパがいるんだ。こんな高地で、キャンプのまわりを離れることは、死を意味する。私は手を振り回し、大声で「こっちだぞ」と呼びかけた。ところが、影はこちらへ来るどころか、どんどん遠ざかっていく。霧が一瞬晴れた。

（……そんなばかな！）

　普通の男の影にしては大きすぎる。うなだれ、2本足で立つ巨人の影？　いったい、あれはなんだ？

　そのとき、人間そっくりの巨大な影が、とつぜん振り返った。

　身長は3メートル近く。すっぱだかで、両手と顔以外は全身、長い茶色の毛でおおわれている。

　私は一瞬、ふるえ上がった。

（ああ、襲われる！）

　だが次の瞬間、影は私をにらみつけ、ふっと背を向けた。

　私はふうっと息をついた。心臓がまた打ち始めるのがわかった。

巨大な影はのしのしと岩をまたぎ、山のほうへ歩きだした。

遠ざかる影を指差し、ラティカが、「イエティ！」と叫びつづける。ラティカの瞳が興奮に輝いている！　そこには興奮と同時に、夕暮れに見たシェルパたちの瞳と同じ恐怖の色があった。

「イエティだな？　ラティカ！　生きているイエティなんだな！」

私はラティカにたしかめた。

わが目の前に、伝説の「石のクマ」、未知の実在する生き物イエティがいるのだ。王立協会でこの発見を発表したら、どんなことになるだろう？　すると、イエティがふいに立ち止まった。

（イエティを、未知の生物を、このまま行かせてなるものか！）

私は大急ぎでキャンプにかけこんだ。

5分後、ラティカの父親がやってきた。私はイエティを追いかけるよう、すぐシェルパたちに指示してくれと頼みこんだ。だが隊長は、イエスと言わない。そのあいだにも、イエティは私たちに背を向け、山のほうへ向かっていく。

（チャンスは消えた。イエティをよく見る貴重なチャンスが！）

私はしかたなく、ベッドにもぐりこんだ。だが頭のなかは、イエティを逃した後悔で、とても眠るどころではない。夜は更けていく。

夜が明け、霧が晴れると、キャンプのまわりに、イエティの足跡がいくつも、くっきり残っているのが見つかった。

「すごいぞ！　この足の大きさはどうだ！」

イエティの足跡を見ると、横はばは、私の広げた手のひらの2倍、たての長さは、私の足のたての長さの2倍はある。

私はスケッチブックに、足跡のスケッチを描き、サイズを書き加えた。そこへラティカの父親が、シェルパの代表としてやってきた。

「シェルパたち、山をおりたがっています。ここは『石のクマ』の領域、イエティ追う者、殺される。みんなの意見です」

もちろん、そんな迷信に惑わされるつもりはなかった。こちらは科学者だ。私は必死で、彼らを説得しようとした。

「シェルパ全員の賃銀を倍にする」

　シェルパの隊長は首を横にふった。
「もし続けてくれれば、全員の賃金を倍にする」
　私は言った。ラティカの父親はまだ、うんと言わない。
「ならば、ラティカの学費を援助しよう。あの子は賢い。上の学校へ行かせたくないか⁉」
　ラティカの父親は悲しげな顔で、私の肩に手を置くと言った。
「山は自由。お金で自由は、買えない。イエティを見た者、すぐに家に帰る。追いかければ、死ぬだけ」
　どんな条件を出しても、いい返事は聞けなかった。
　シェルパなしで、イエティを追跡するのは無理だ。
　結局、探検は中止せざるをえなかった。
　それでも私は、諦めたわけではなかった。
　必ずまた、ここにもどって、イエティに再会すると、心に誓った。

1903年11月、ロンドンの王立協会カールトン・ハウス・テラスで

　ヒマラヤ山脈に、人間に似た動物が存在するとの、ウィリアム・ナイト氏の発表に、集まった科学者は全員、無関心ではいられなかった。ただし、彼らの反応は3つに分かれた。

　興味津々、熱烈な支持、疑いの3つだ。

　最前列に座った、りっぱなもみあげの紳士が発言した。

「ナイト氏のようなかたのご主張とはいえ、証拠が一つきりでは、信用するのは難しいですな、高地が脳細胞に及ぼす影響を考えれば。ナイト氏にうかがいたい。あなたがおっしゃるイエティは幻影か、集団幻想なのでは？」

　ナイト氏は、すぐさま反論した。

「コルドン卿、ご指摘は、ごもっともと考えます。しかし、イエティの足跡を見たのは私と、シェルパたちだけではないのです」

　そして、ベストのポケットから1枚の紙を取り出すと、それを見ながらつづけた。

「1832年以来、B.H.ホジソンが、イエティを何度か目撃しています。1887年にはL.A.ワデル軍医が5,200メートルの高地で、イエティと思われる巨大な足跡を確認。以上の2例にとどまらず、イエティを見たとの証言はいくらでもあります。私の発見は、セシル・G・ローリング将軍の探検隊に次ぐものであります。われわれは今まさしく、新人類を確認しようとしているのです。100年後には、その存在が一般に認められるであろうと、私は、自信をもって申し上げます。われわれの後輩たちはおそらく、イエティの繁殖を保証するための保護区を設定するでしょう」

　会場はふたたび騒然とし、あちこちで冷笑が起こった。

　ウィリアム・ナイト氏は、くやしさでいっぱいになりながら言った。

「笑いたければご自由に。私は、科学的見地から発表を行ったのであります。皆さんは『イエティが伝説の生き物だ、幻影だ』と笑う。だが今から100年後の2013年には必ずや、皆さんのほうが笑われることになるでしょう。イエティは実在するからです。私はこの目で見ました。そして、イエティは必ずまた、姿を現します！」

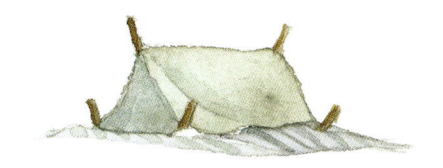

＜ふしぎ通信＞

世界のイエティ

ヒマラヤには、直立歩行も、4本足でも歩ける、鋭い目つきの毛むくじゃらの大男イエティがいると、言われています。

アメリカとカナダには、赤い目をした、毛むくじゃらの大男が。パキスタンには、人間と同じぐらいの身長の、毛むくじゃらの生き物。中国には「雪人」と呼ばれる、赤毛の生き物が。オーストラリアには恐ろしい叫び声を上げる怪物が、いるとされています。すべてイエティの仲間と考えていいでしょう。

イエティを探せ

ロシアでは、イエティは発光する毛並みをもち、とつぜん姿を現したり消したりできると言われています。

2013年、シベリアのアマン・テュレエフ知事は、イエティを生けどりにした人に100万ルーブル（25,000ユーロ）を提供すると呼びかけました。これは南シベリアの山間、シェレジェシュ・スキー場に併設される予定の「イエティ公園」の宣伝でもあります。

2011年にはシベリアでイエティ国際会議が開かれ、シベリアにイエティがいる確率は95％と結論されました。「イエティ公園」では、賞金稼ぎをしながら、スキーをはじめ、さまざまに観光を楽しんでもらおうという計画だそうです。

イエティ発見年表

● 1832年　B. H. ホジソンが2足歩行の生き物の影が動くのを目撃。

● 1889年　アメリカ人のローレンス・ワッデル陸軍大佐が5,200メートルの高地で、大きな足跡を発見。

● 1903年　イギリス王立協会のフェロー（＝会員）ウィリアム・ヒュー・ナイトが、未知の生物の影を目撃。

● 1942年　ポーランド人のスラボミール・ローウイッツ（『脱出記』の作者）が遠くから、クマに似た2体の生物を目撃。

● 1951年　イギリスの登山家、エリック・シプトンが、チベットとネパールの5,000メートル以上の高地で長さ33センチメートルの足跡を発見。

● 1987年　イタリア出身の登山家ラインホールト・メスナーが大きな毛だらけのイエティを発見。

専門家の意見

専門家のあいだでは、イエティは絶滅したネアンデルタール人の兄弟種が山にかくれ住んでいるか、あるいは、高地の気候に順応するようになったクマだろうという説が主流です。いずれにせ、未知の存在だという点で一致しています。もしイエティが存在するなら、どんなものであれ、複数の種が集まったものだ、とも言われています。イエティにもさまざまな種族がある、というわけですね。

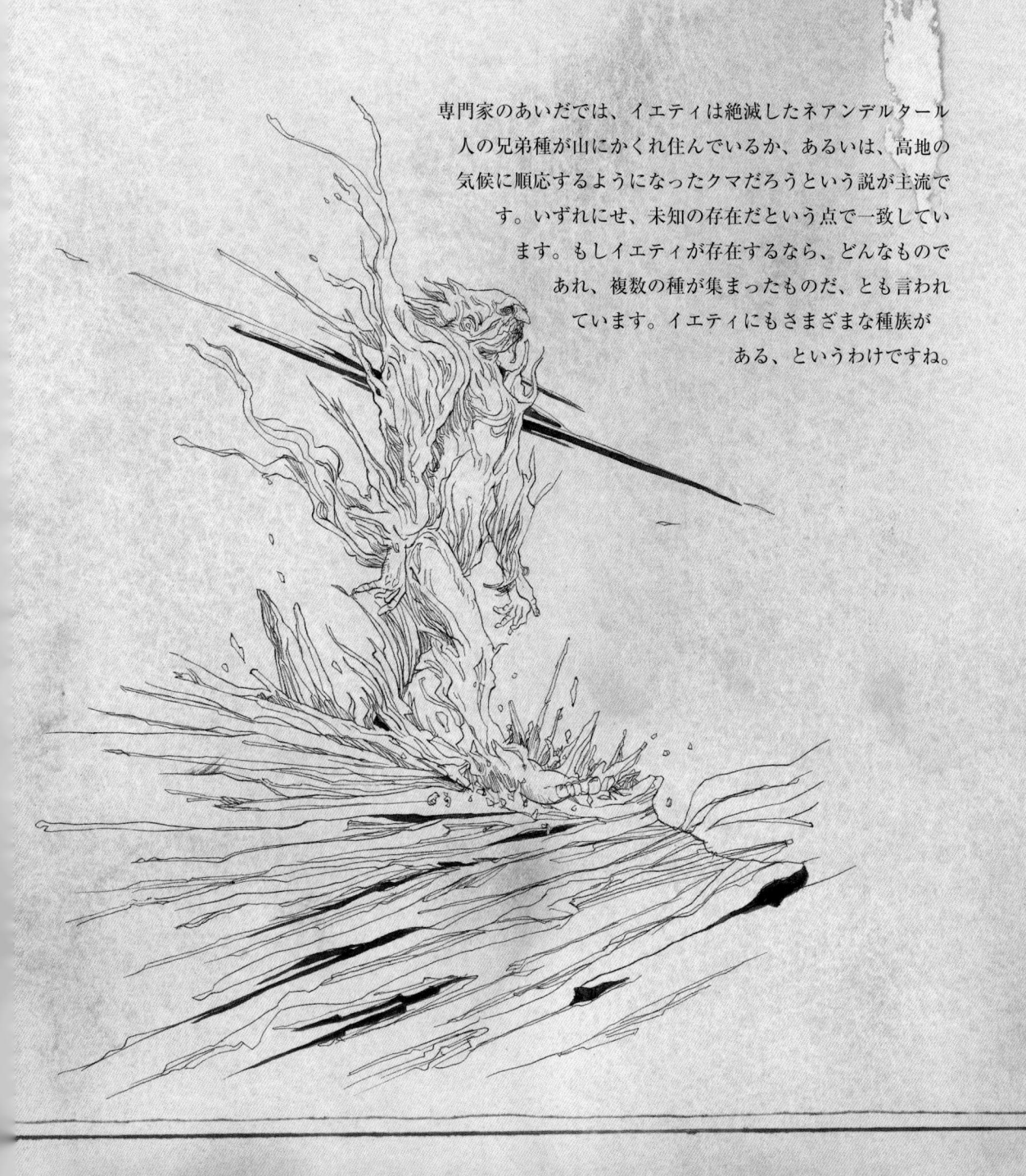

1902年12月25日──フランス、ポン・スコルフ教区で

　ギッギと不気味な車輪の音をたてながら、小石をどっさり積んでひた走る、2頭だての荷馬車。1頭は、カラスどもにさんざんつつかれ、骨と皮ばかりにやせ細っている。もう1頭はよく肥えて、毛並みも艶やかだ。馬車の前に広がるのは、人里離れた村の、人気のない道。御者台には、大きな帽子とマントの男。このあたりの人には、「アンクー（死神）」と呼ばれている。まだあたたかい死者の体を荷馬車に積んで、黄泉の国へ送るのが、男の役目だ。

　今宵は早くも聖夜。年の瀬もせまっているのに、馬車にはまだ小石しか積まれていない。男はひとりの老人を探していた。

（うう、寒ぶ！）

　老人はまた身ぶるいした！　クリスマスのミサのため、教会には村人が全員集まっている。みんなのまんなかにいれば、だいじょうぶだ。
「寒いのですか？　さあさあ、こちらへお移りなさい」

　祈りが終わると、司祭が老人を信徒席の3列目に座らせた。

　席を移っても、老人の寒気はおさまらない。体の芯から冷え切っている。凍った骨の冷たさが、体全体にしくしく広がっていくようだ。手指の先はすでに感覚を失っている。

　クリスマスの聖歌が教会堂に満ち、信徒たちの心をあたためている。誰もが幸福な新年への期待でいっぱいだ。しかし、この老人は違った。

（もしかして……）

　そう、この寒さはアンクー（死神）のマントのはしが触ったせいだ。

（死神が、次の死神になるやつを探し歩いている！）

　老人は激しくふるえだした。顔からみるみる血の気がひいていく。

　ついに、あの世へ旅立つときがきたのだ。過去がどんどん遠くなり、人生に残された時間は、日ごとに少なくなっていく。それは自分でも感じる。だが老人は、ことし最後の死者になるのだけはいやだった。

　息を引き取るなら春がいい。たとえば、6月24日の聖ヨハネ祭の夕べはどうだ？　松明のあかりに、心まで明るくなって死ねるだろう。復活祭でもいい。いや、復活祭に死ねるなら、万々歳だ。

　老人はそっと、左右を見回した。

（ここで、わしほど具合がわるく、みじめに見える者はいなさそうだ）

　老人はせきこんだ。

　司祭が唱え、老人はつぶやいた。

「神よ、誰より先に、あわれみをいただきたいのは、このわしでございます。わしは死神が、お前を次の死神にすると告げる声を聞きたくありません。待ち伏せされて、死神の馬車に乗せられるのはいやだ！　そんなのは、ぜったい、ごめんこうむりたい」

「何をもそもそ言っているんです？　おじいさん」

　となりの席の老婦人が聞いた。

「祈っているんだよ」

　老人はぶっきらぼうに答えた。

「それは、けっこうなこと！　じゃあ、がんばって、来週の日曜日、今年最後の日までね。お祈りはいつだって、役に立ちますよ」

　老婦人があやすように言う。

　みんなの目がいっせいに、老人に向いた。みんな、老人がなんと答えるか、耳をすましている。

　その答えで、老人が次の死神に選ばれたかどうかが、わかるのだ。

　だが老人は、何も言わなかった。

　死神は、不気味な車輪の音をたてて走る荷馬車に乗り、村の道を進んでいた。あと1週間のがまんだ。あのじいさんは、いよいよだめだ。

次の死神はあいつにしようと、アンクーは決めた。

　次の週。ついにその年の終わりの日がきた。折しも日曜日で、教会の鐘の音が聞こえる。老人は、たなからワインのびんとグラスをもちだし、グラスにワインをついで、ぐっと飲み干した。グラスを置くと、両手で耳をふさいだ。

（アンクーの声なんか、聞きたくないぞ！）

　村人は誰も、老人が新年のミサに現れると思っていた。だが老人はやってこない。教会で死神に待ち伏せされるのが怖いのだ。

　老人は立ち上がり、なんとか簞笥をドアの前に移動しようとした。だが簞笥は、びくとも動かない。根が生えたように動かない。

「動け！　このばか簞笥！」

　ひと押しするたびに、老人の息はますます苦しくなる。

　ついに、簞笥でドアをふさぐと、老人はほっとして、背すじをのばした。黄色いランプの光が、手のしわをくまなく照らしだす。汗をかいたのは、何年ぶりだろう。

（わしは今日、死ぬことに決めた。自分の選んだ場所で）

　老人は誰にも見つからないところで、死にたかった。

（死神の待ち伏せに、ひっかかってたまるか！）

　老人が滑車のひもを引くと、あげぶたがあがり、地下室の闇が現れた。何十年と使っていない地下室だ。湿気が強すぎて食料はしまえず、今やネズミの巣と化している。だが誰も外から入ってはこられない。さすがの死神だって無理だろう。老人は、ここを自分の墓場にすることに決めた。

（これから1年間も、あんな馬車の御者にされてたまるものか！）

　老人は地下室への階段をおりようとしたとたん、燭台を落とした。ろうそくが飛んで、階段の一番下で消えた。暗闇のなかに、そっと足を踏み出したとたん、足をふみはずし、階段をころげ落ちた。

（いたたた！）

　指先でそっと、あごにふれる。あごの骨を折ったらしい。

（これじゃ、もう、けらけら笑うこともできんじゃないか）

　老人は心のなかで、苦笑すると自分に言い聞かせた。

（わしは、ここで死ぬ。真っ暗で、かびくさいこの地下で、イヌかなんかのように。だがそれでいい。死神は、野良イヌを相手にはせんからな）

　老人は心の底からほっとした。ところがそのとき──。

　かすかな物音が聞こえる！　つぎつぎと石を投げる音。まるで土に杭を打つような。まるで墓石を打ちこむような──。

　老人は、きょろきょろ、あたりを見回した。

（ばかな！　そんなはずはない。ここには、わし一人だ。しかもこの壁は厚い。つぶてで破れはせん！）

　そのとき、すぐそばで、かすかな気配がした。

　老人は。ぞっとして、目をとじた。

（けっして耳を貸すな。見るんじゃないぞ）。

　だが、つい目をあけると、踊るような影が2つ、見えた。

　1つはやせた大男の影。もう1つはやせた小男の影。

　二人はそろって老人のほうに近づいてくる。死神のしもべたちだ。

　老人は叫び声をあげた。

（まさか、光もないのに影ができるものか！　これは悪夢だ、いや、こんなのは熱にうかされて現れた幻影さ！）

　だが、死神はいた。

　誰も入れないはずの地下室のすみに座りこみ、わずかに残る顔の皮ふに、うす笑いを浮かべて。

「立ち去れ！　あっちへ行け！」

　老人は叫んだ。死神は、ぐるりと首を回すと、やせ細った指で、老人のあごを、すっとなでた。

　老人はぎゃあぎゃあ泣いた。乳をほしがり、やみくもに泣き叫ぶ生まれたての赤子のように。そして、

「さあ、わしを黄泉の国へ連れていけ。それは了承する。だがおまえの代わりになるのは、お断りだ！」

　と言い放った。死神は、冷たい声で言い返した。

「おれが選んだのは、おまえだ。おまえが次の１年、死神になるんだ。

おれはもうへとへとだ。一刻も早く休みたいんだよ」

　老人はついに、あきらめた。つぶやくような祈りが地下室に満ちる。祈りは風が止むように止み、あたりはしずまり返った。

　老人の隣人が、司祭を引っ張ってきた。

「もう２日も、となりのじいさんの姿を見ないんです。なんどもドアをノックしましたが、返事がないんですよ」

　隣人は、ねじで錠をこわした。ドアがあいた。

「おやおや！　箪笥で、ドアをふさいであったんですな」

　司祭が言った。隣人が窓のよろい戸をあけると、日光がたちまち、へやに満ちた。隣人と司祭は、ふたりでさっそく家のなかを探しはじめた。だが老人の姿はない。

「おかしいなあ！　このへんに地下室に行く、あげぶたがあったはずなんですがね！」

　隣人が首をかしげた。司祭と隣人は床板をくまなく調べた。だがあげぶたを見つけることはできなかった。隣人が言った。

「１杯どうぞ、司祭様。あのじいさん、どこへ行ったんだか。前から身寄りがなくてね」

「頂きましょう！　なにしろ、３キロも歩いてきたばかりで」

　そう言うと、つづけた。

「ケルタール農園のお婆さんに、終油の秘跡をさずけてきたんです。幸い間に合いました。まあ、朝までもたんでしょう」

　司祭と村人は、しずかにグラスをかたむけた。

　そのころ、ケルタール農園のお婆さんは、死の旅路につこうとしていた。いい人生を送った人らしく、その顔に苦悩はない。シーツを首まできちんとかけ、羽根枕に頭を乗せてお迎えを待っていた。

　馬車の車輪の音が聞こえる。お婆さんは目をあけた。

　１年の最初の日だ。新米アンクーの顔は、まだあまり死神らしくないが、すでに黒い斑点が出ている。ほどなく死神のやせこけた顔になるだろう。もしあごの骨が折れていなければ、お婆さんにもきっと、あの老人だとわかったはずだ。ケルタール農園のお婆さんは、あわれ

みに満ちたほほえみを彼に送った。

　あわれな老人はついに死に、その上、最も嫌がっていた苦役を押しつけられることになったのだ。

＜ふしぎ通信＞

死神の肖像

絵画や彫像の死神はさまざまな姿をしていますが、典型的なのは、長身でやせこけた男。マントをまとい、帽子を目深にかぶっています。ごくまれに、目をぎょろつかせた骸骨の姿で描かれることもあります。次に死神となる者を物色している姿です。

聖夜から

ケルト神話にも、アンクーと同じような死神がいます。ケルヌンノスと呼ばれ、荷馬車に死者の魂を乗せ、黄泉の国まで運びます。

アンクーは、フランス、ブルターニュ地方に語り伝えられる死神。1つの村に、必ず一人。1年で交代します。

アンクーはクリスマスの夜から、翌年のアンクーを探しまわります。その年の大晦日に死ぬべき男の老人に目をつけ、マントでふれて、交代を言い渡すのです。

ブルターニュ生まれ？

アンクーは、フランス、ブルターニュ地方の伝説の死神です。ブルターニュ地方には、いろいろな場所で、アンクーの姿が紹介されています。モルレやプルミリオーの博物館、ロシュ・モリスやブラスパールの納骨堂、マルティールの礼拝堂……。そして怪奇作家アナトール・ル゠ブラースの文章にも出てきます。

死神の名称、いろいろ

死者を黄泉の国に導く者の存在は、世界各地で信じられ、さまざまな名称で呼ばれています。日本では白装束の死神。このお話（フランスのブルターニュ地方）ではアンクーですが、西洋の伝説では一般にデスとかリーパー（鎌持つ人）と呼ばれ、大鎌を持つ黒装束の骸骨の姿で登場。古代ギリシャではプシコポンプ。古代エジプトではインプゥ、やがてギリシャでもエジプトでも、アヌビスと呼ばれるようになります。エジプトのアヌビスはしばしば、黒イヌの顔で2匹のヘビが巻きつく杖（アンクー）をもつ男として描かれ、冥府の番人と畏れられました。

アンクーの
荷馬車

　アンクーは、不気味にきしむ荷馬車を操ってやってきます。アンクーの荷馬車を引くのは、たてにつながれた2頭の馬。前を走る1頭はやせこけ、よろよろで、立っているのもつらそう。うしろの1頭はりっぱで、よく肥え、とても力強い馬です。アンクーは、小石をいっぱい積んだ荷車を操り、左右に従者を二人従え、死を迎える男性の家をめざします。その人が、自分の家のドアに石がぶつかるような音を耳にしたら、それは次のアンクーに指名されたしるし。そして、最後のときがきたしるしです。

遠い昔──スカンジナビア北部で

13歳のザミューエンが、狩りの名手ラグナール親方について、険しい山道をのぼっていく。けもの道は、一歩進むにも一苦労だ。イバラのとげにひっかかれ、虫に刺され、のどもからからだ。だが、もうすぐ本物のドラゴンに会えると思えば、そんなことは、ちっとも気にならなかった。

「でも親方。どうやって、ドラゴンと戦うの？」

ザミューエンは、ラグナールにたずねた。ラグナールは、ちらりとふり返ったきり、何も言わない。ザミューエンはため息をついた。知り合って1か月になるのに親方は、相変わらず秘密主義だ。

ラグナールは見上げるような大男で、みるからに強そうで、いろんな狩りの道具をもっている。装備もすごい。両手足には、イノシシの皮でつくった手袋とゲートル。胸と胴には、輝く金属板のカバー。最も目を引くのは、ドラゴンの皮ふで作ったヘアバンドだった。全体にちりばめられたドラゴンのうろこが、少しの光にもちらちら光る。

（けちしないで、教えてくれたっていいのに）

ザミューエンがまたため息をつくと、

「もうすぐわかるさ。ドラゴンと戦うには、技だけじゃだめだ。ぜったいしとめるという固い決意が必要なのさ。それからな、おれは今まで何頭もしとめたが、まだドラコニットだけはもっていない。ドラコニットというのはな、ドラゴンの頭のてっぺんに埋まっている小石だ。

こいつを手に入れるためなら、おれは自分の命も捨てる。世界一の宝だって、ドラコニットに比べりゃ、クズみたいなもんだ」

「世界一の宝って？」

「それはな、フレイズマルの秘宝だ。その秘宝のために、フレイズマルは、二人の息子ファフニールとレギンに殺された。ファフニールは洞窟に宝をかくし、弟のレギンに分けようとはしなかった。やつは宝が奪われるのが怖くて、そこから一歩も離れず見張ることにした。やがてファフニールの体に、うろこと爪と翼が生え、ドラゴンに変身したんだそうだ。ところがな——」

そう言ったとたん、ラグナールは、くちびるに指をあてた。

「しいっ！　……今、何か聞こえなかったか？　この下の洞穴からだ。おまえ、そこまで行って、何がいるのか見てこい」

　ザミューエンは親方の命令どおり、坂道をおりた。イラクサをかき
わけ、小石だらけの道を歩き、ところどころにキノコが顔を出すこけ
の道をそろそろと進む。やがて、ザミューエンの耳にも聞こえてきた。
クマが威嚇する声か、あるいは、トロールのうなり声かもしれない

　急いで岩のふもとまでおりると、あっと息をのんだ。

　洞窟の入り口に、ドラゴンがいる。樹齢何百年という大木にも負け
ない身長。大人の人間の手より大きい爪をがっと広げて、骸骨の山を
踏みつぶしている。食いつくしたばかりの餌だ。ドラゴンは巨大な体
をちぢめ、頭をふった。長い首が岩の上まで降りてきた。

　ザミューエンは凍りついた。ドラゴンが羽ばたこうとしている。

　透明な翼を何度かはばたかせると、たくましい胸の筋肉が盛り上が
ってきた。やがて、ドラゴンは翼をたたみ、巣穴に入っていった。

　ザミューエンは急いでラグナール親方のもとへ戻ると、いっさいを
報告した。親方は、うなずいた。

「ここにテントを張るぞ。明日一日、待ち伏せする。ドラゴンは、い
くつも入り口のある場所に巣を作る。きっちり計画を立てて、ぬかり
なくやらんとな」

　夕方になり、やがて夜がきた。ラグナール親方とザミューエン少年
はかんたんな夕食をとった。火は起こせない。火など起こしたら、ド
ラゴンに、二人がそこにいることを教えるようなものだ。ラグナール
はナイフを出して、肉を切り分けた。

「ねえ親方、ドラゴンに変身したファフニールの話の続きを聞かせて
よ。弟のレギンは宝を見つけたの？」

　ザミューエンが聞くと、ラグナール親方は答えた。

「レギンは抜け目のない男でな。魔法の剣をつくり、ドラゴンと戦っ
て勇者になりたがる純粋無垢な若者を探し出した。名前はジークフリ
ート。荒馬を扱う名手だ。ジークフリートは、必ずドラゴンをしとめ
ると誓った。そしてまず、ドラゴンの動きを確かめることにした。お
れたちが明日やるようにな。さあもう寝たほうがいい」

　ザミューエンは真夜中に目を覚まし、テントのまわりを少し歩いて、
自分を落ち着かせた。ところがテントに戻って眠ろうとしたとき、も
のすごい光が夜空をそめた。

　岩壁に囲まれて眠るドラゴンが、獲物に突進する夢を見ながら、火を吐いているのだろうか。

　その光景を想像するだけで、ザミューエンは、わくわくした。

　夜が明け、あたりが明るくなると師弟はドラゴンのようすを偵察に行った。ドラゴンは餌を平らげ、すぐ近くの小川に飛んでいくと、こけむす岸辺に横たわって、思い切り翼を広げた。じっと見ているうちに、ザミューエンはドラゴンをしとめるのがだんだん、つらくなってきた。こんなに強く美しい動物を殺すなんて！　こんなにすばらしい生き物を、この世から追放するなんて、耐えられない。

　その晩、ザミューエンは黙りこくって、ラグナール親方からわたされる肉をほおばりつづけた。だがとうとう、こう聞いた。

「ねえ、ジークフリートは、どうやってドラゴンをしとめたの？」

「レギンと組んで、ドラゴンを罠にかけたのさ。ドラゴンが巣穴を出ると、レギンは茂みにかくれて待った。ジークフリートは、巣穴のなかに穴をほって入りこみ、その上に木の葉をかぶって待った。ドラゴンがもどってくると、ジークフリートはかくれていた穴から飛び出し、魔法の剣をふりかざして、ドラゴンをしとめたのさ」

　ザミューエンは目を丸くした。

「ぼくたちも、あのドラゴンをだまして、つかまえるの？」

　ラグナールはザミューエンの顔をじろりと見つめ、うなずいた。

「そうさ、ドラゴンをしとめるには、それしかない」

　翌朝、ラグナールとザミューエンはドラゴンの巣に、さらに近づいた。洞窟のなかから、うなり声がもれてくる。1時間ほど待っているとドラゴンが巣穴から出てきた。ドラゴンは、二人がかくれている茂みの前を、何かを探すようにのし歩いている。ザミューエンの心臓が激しく高鳴った。もしドラゴンが、この音を聞きつけたら！　だがやがて、ドラゴンは空をあおぐと、雲まで届く真っ赤な炎を吐き、次の瞬間、大きな二つの翼を頭のてっぺんで合わせた。こうして何度か羽ばたきを繰り返し、あっというまに、山の向こうへ姿を消した。

「消えちゃった……どうしよう？」

「ここで待つんだ」

　ラグナール親方は答えた。

「待つ……？」

「やつが帰ってくるのを、待ち伏せるんだ。心配するな」

　ラグナールは言った。ザミューエンはうなずいた。

　ラグナールは狩りの名人だ。ドラゴン狩りの秘訣を知りつくしているに違いない。ドラゴンはきっと、餌を探しにいっただけだ。ゆっくり待てばいい。待っているあいだに、ザミューエンは、また聞いた。

「ジークフリートは、ドラゴンをしとめたんでしょ。そのあとは？」

　ラグナールは一瞬、ためらうと、低い声で答えた。

「伝説によればな、ジークフリートは、レギンに言われるままに、ドラゴンの心臓を切り取り、たき火であぶった。そのとき、ジークフリートは炎で指をやけどした。そして、痛みをやわらげるために、ドラゴンの血がついた指をくちびるに近づけ、なめた。すると不思議なことが起こった。ジークフリートの耳に小鳥の言葉がはっきり聞こえてきたんだ。ドラゴンの血をなめたせいでな」

　ラグナール親方は、ささやくように続けた。

「ジークフリートは、小鳥たちの会話から、レギンが自分を殺そうとしていることを知った」

「レギンは相棒を殺そうとしたの!?　なぜ？　どうして？」

　羽ばたきの音がし、ドラゴンの姿が見えた。親方は答えた。

「もちろん、トラゴンが世界一の宝をもっていたからさ！　世界一の宝が手に入るなら、たいていの人間は、どんな裏切りだってする。しかもレギンは欲張りで、兄にさえ宝を分けようとしなかった。ジークフリートは、自分の身を守るため、やむなくレギンを殺した」

　ザミューエンは凍りついた。火を吐く巨大なドラゴンが目の前にいる。しかも親方からはどんな襲撃をかけるのか、まったく聞かされていない。ふと気づくと、ザミューエンは、ラグナール親方がいつのまにか、自分の後ろへまわっているのに気づいた。親方は、一方の手でザミューエンの髪を引っつかみ、もう片方の手で、ナイフの刃先をザミューエンののどに押しつけた！　そのまま、ドラゴンのほうへ向かっていく。ドラゴンは二人をじっと見つめた。

「ドラゴンよ。この小僧を、お前にやろう。さあ食え！　うまいぞ」

　ラグナールはそう言い終わると、ザミューエンの耳にささやいた。

「あいつがお前に食いついたら、おれはすかさず、やつの頭のてっぺんにナイフをつきたて、ドラコニットを頂く。ドラコニットは、生きているドラゴンから取ってこそ魔力を発揮するんだ。わるく思うなよ」

ドラゴンが、長い首をゆっくり下げてきた。大きな口があき、とげがはえた舌が見え、やけどをしそうに熱い息が、ザミューエンの顔に吹きかかる。ザミューエンは一瞬、失神しそうになり、次の瞬間、心の底から激しい怒りが燃えたった。親方はぼくを裏切ったんだ。ザミューエンはすばやくかがみこみ、ラグナール親方の後ろに回った。ラグナールは、ナイフをふりかざしてドラゴンに突進する。ナイフがドラゴンの皮ふにささり、両目の間をついた。

ドラゴンは頭を激しくふると、大きな口をぐわっとあけ、ラグナールに向かって炎を吐いた。ザミューエンはあわてて、とびすさり、運よくドラゴンの炎からのがれた。だがラグナールの体は炎に焼かれ、あとには真っ赤に熱した金属板だけが残った。

　ザミューエンが茂みにとびこみ、森の中に逃げこもうとしたとき、恐ろしい悲鳴が聞こえた。なんとドラゴンが、彼を呼んでいる！　ザミューエンはすぐ野原へかけ戻った。巨大なドラゴンは、野原のまんなかで、はいつくばっている。ドラゴンはザミューエンを見ると、うめきながら前足を上げて、頭のてっぺんをさした。頭のてっぺんから、真っ赤な血がどくどく流れている。ザミューエンは、傷ついたドラゴンのほうへ走った。そして、こわごわ、ドラゴンの首をなでた。

「だいじょうぶだよ。ぼくが、なんとかしてあげる」

　ドラゴンが、大きな目で、ザミューエンを見つめた。

　ザミューエンはドラゴンを必死で介抱した。まず、つきたてられたナイフを抜き取り、傷口を洗い、血をふきとると、火を起こした。指についた、ドラゴンの魔法の血のおかげで、やけどをすることもなく、燃えるたきぎを拾い上げ、傷口に当てた。ドラゴンの出血がとまった。

　ザミューエンは3日3晩、徹夜でドラゴンを看病し、4日目にやっと眠った。目が覚めると、ドラゴンはすっかり元気で立っていた。

　ドラゴンはザミューエンの前でひざまずき、頭をぶるんと振った。ありがとう、背中に乗って、と言っているのだ。

　ザミューエンは、素直にドラゴンの招待に応じた。

　ドラゴンが、大きくはばたき、空に舞い上がる。

　いくつもの山頂の上を過ぎると、はるかかなたに、地平線が見えた。

　山が、谷が、野原が、谷が、すばらしいスピードで遠ざかる。

　ザミューエンの髪を風が巻き上げ、上着のすそをはためかせる。

（世界一の宝なんかもらうより、このほうがずっといいや！）

　ザミューエンは、幸福そうにほほえんだ。

＜ふしぎ通信＞

時を超えた物語

　フレイズマルの宝と戦士ジークフリートの話は、13世紀の文学作品に登場しますが、もとは大昔の神話です。スカンジナビア地方では、何世紀にもわたって語り継がれてきました。この本でも紹介しましたが、ちっとも古さを感じなかったと思いませんか？

星座になった ドラゴン

　夜空を輝かす星座の一つに、竜座（ドラゴン座）があります。ギリシャ神話で女神アテナを襲ったドラゴンが、アテナによって投げ飛ばされ、天の柱に巻きついて、そのまま星座になったと言われています。オオグマ座とコグマ座の間にある、ヘビのように曲がりくねった星座です。探してみてくださいね！

魔法の小石、 ドラコニット

　ドラコニットは、ドラゴンの頭のなかに埋められている固い小石。色は青か黒で、強力な解毒剤となり、どんな毒にも効くとされています。ただし、生きたドラゴンの頭から取り出さないと、効き目はないそうです。ドラゴンが守る宝以上に珍しく貴重な物かもしれません。

 都市や歴史に残る ドラゴンたち

●9世紀にはバイキングたちが、船腹に大きなドラゴンの絵を描いた「ドラッカー」と呼ばれる船を走らせていました。「ドラッカー」とは「ドラゴン」を意味するスウェーデン語（ドレイク）から来ているとされています。

●キリスト教の教会や礼拝堂にはよく、イギリスの守護聖人、聖ジョージがドラゴンを退治する姿を描いた彫像や彫刻が置かれています。

●ポーランドの都市クラコウは、ドラゴン伝説の町。その昔、クラコウの町にドラゴンが住みつき、町を破壊しだしました。クラコウの王は、ドラゴン退治の志願者をつのり、みごとに役目を果たした若者に、王女との結婚を許しました。クラコウには、ドラゴンがひそんでいたとされる洞窟があり、町の観光名所となっています。

ドラゴン狩りの歴史

「ドラゴン」という言葉は、古くは聖書に、大蛇、クジラ、ワニに似た邪悪な怪物として登場します。西洋では、ドラゴンは邪悪な怪物としておそれられることが多く、ドラゴン退治の伝説が数多くあります。たとえば、イギリスのヨークシャーでは。大きな翼と長い毒針のある尻尾をもち、火を吐いて家畜や子どもを襲ったドラゴンを、勇敢な騎士が退治したとされ、オペラ『ウォントリーのドラゴン』（1737年、ジョン・ランプ作曲）になりました。1874年には、ドイツの作曲家リヒャルト・ワーグナーが、ドラゴンが登場するアイスランドの伝説から、『ニーベルンゲンの指輪』という壮大なオペラを作り上げました。この本で親方が語るのは、その一部です。一方、マルコ・ポーロの『東方見聞録』（1300年ころ）には、いったいどうやって捕えたのか、中国の宮廷で儀式のためにドラゴンを飼っていたという記述があります。

　そして今、ドラゴンが子どもの友だちとして登場するファンタジー小説が少しずつ増えてきました。喜ばしくも楽しいことですね。

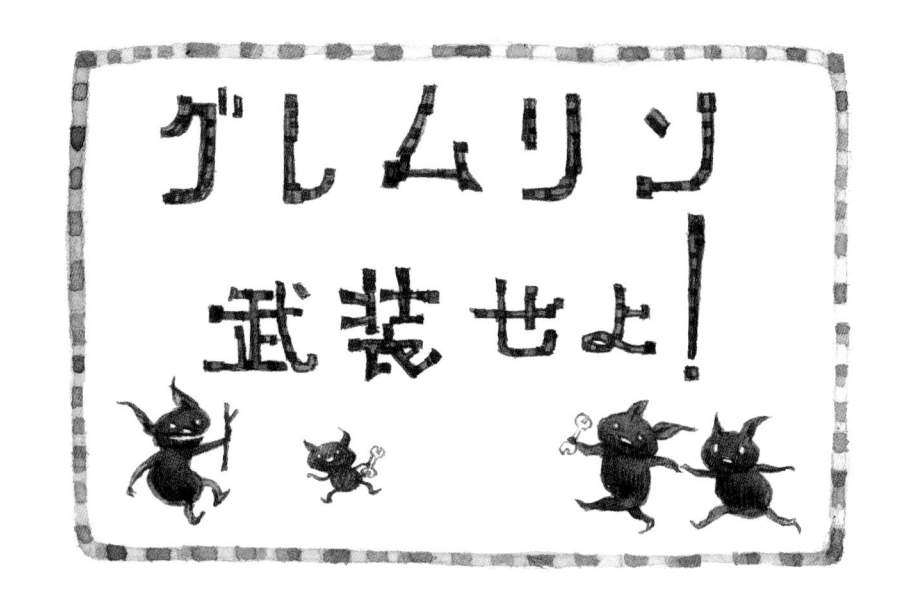

1940年1月22日──ケニアのイーストレイ英国空軍基地で

「おい、おい、おい、またかよ！」

　イアン整備士長が、足音も荒く格納庫に入ってきた。

　また故障機が出たのだ。今週はこれでもう5件目。

「離陸後5分もしないうちに異常を感じたんだ。機体は安定していた。方向転換を試みたら、とたんにものすごい音がした。さいわい、プロペラがこわれなかったので、着陸できたわけさ」

　故障機の金属扉の前で、ダール飛行士が説明した。

「くそ！　またグレムリンが出やがった！」

　イアン整備士長はわめいた。

　グレムリンとは、飛行機につく妖精だ。飛行士の命を奪うほどの悪さはしないが、ともかくいたずら好きなやっかい者たちなのだ。

　激怒する整備士長に、飛行士はささやいた。

「あのな、イアン。新聞記者が一人、この近くをうろついていたぜ。1杯おごって、別の話題を書くようにしむけてこようか」

「ああ、頼むよ」

　イアン整備士長は言った。

　故障機の続出で、イギリス空軍の機械部隊は新聞各紙からさんざん、なじられているのだ。イアン整備士長は先週の記者会見でついに、グレムリンのしわざと説明した。記者たちはもちろん冷笑した。そして、自分たちの無能さの責任を、妖精になすりつけるなと非難した。

けれども、このいまいましい妖精は、実在するのだ。

イアン整備士長はスパナをつかんだ。今は戦争中。故障部の修理が最優先だ。飛行士たちは、戦闘ですでに、貴重な命を危険にさらしている。全員無事に着陸してはいるが、機体の故障でさらに危険なめにあわせることなどできない。

（グレムリンどもめ、目にものみせてやる！）

イアン整備士長は、どかどかと格納庫の奥の作業場に向かった。

　整備士長が、格納庫の廊下の壁に吊るされた工具類や用具箱や台車を横目に作業場に足を踏み入れたとたん、奥のくず鉄の山がくずれた。
「この小悪魔め！」
　イアン整備士長はわめくと、滑車のロープをつかんで、一番手前の一機の屋根にとびのった。ずらりと並んだ修理機の屋根の上を飛びわたり、作業場の窓に突進した。一つの影が見える。背を丸め、頭を上げ、いたずらっぽい目つきで、こちらを見ている。二つのとがった耳。そして、全身毛むくじゃら——まちがいなく、グレムリンだ！
　グレムリンは両腕いっぱいに工具をかかえ、破れたガラス窓の前に、かがみこんだ。整備士長はとびついて、つかまえようとした。
　だが、グレムリンはとっくに逃げ出したあとだ。
　足もとには、グレムリンが盗みきれずに落としていった工具がちらばっている。イアン整備士長はこぶしをかためた。
（これ以上、グレムリンどもに、ばかにされてたまるものか！）

　基地の修理場を逃げ出したグレムリンのギュスタボラールは、さっとかくれ穴に飛びこんだ。とたんに、ハイエナの新しいふんの弾丸があちこちから投げつけられ、鼻水を浴びせかけられた。ほかのグレムリンたちからの大歓迎のしるしだ。ギュスタボラールは、海千山千のベテラン・グレムリンだが、それでも人間どもの目をかすめて、工具類を盗んでこられることは、めったにない。
　仲間のグレムリンたちが、さっそく武勇伝をねだった。
　ギュスタボラールは喜んでうなずき、怒りで目を吊り上げたイアン整備士長のまねをしてみせた。仲間うちから、大爆笑が起こった。ギュスタボラールは、すっかり気をよくして、言った。
「じゃ、みんなで、あいつをからかってやるか！」
　グレムリンたちは自分たちでほったトンネルを移動し、格納庫の1メートルほど下にある地下室に入りこんだ。列を作り、すみの大きな潜望鏡から格納庫の作業場をのぞきこんだ。
　一人の人間が、作業場でせっせと動き回っている。どうやら、グレムリンのいたずらに復讐しようとしているようだ。
「よしきた！　その計画、しっかり、じゃましてやろうぜ」

　グレムリンのギュスタボラールが、仲間たちにささやいた。
「うまくいったら、この先何百年、グレムリン族の語り草になるぞ」
　グレムリンたちは、小さな肩をたたき合い、久しぶりに大笑いした。
「グレムリン武装せよ！」
　ギュスタボラールが叫んだ。

　イアン整備士長は、はしごに乗り、くぎをゆるめて故障機のエンジン・カバーを上げた。燃料のにおいがあたりいっぱいに広がる。オイルは残っていない。燃料タンクに懐中電灯の光をあてると、無数の小さな穴が見えた。グレムリンは、この穴からオイルをぬいたのだ。
　イアンは思わず、機内の壁によりかかった。
　グレムリンどもは、次の故障を起こそうとたくらむに違いない。
（修理したあとから、あとから、こわしてまわるとは！）
　イアンは目を吊り上げ、次の瞬間、にっこりほほえんだ。
（やつらに罠を仕掛けるなら、今だ！）

　イアンは、その日の夕方まで、自分が立てた計画にぼっとうした。
　飛行士たちがおしゃべりにきても、野戦病院の看護師をしている恋人がたずねてきても、うわのそらだった。
　ある一機のすみずみに、ねずみとりをしかけ、エンジン・カバーの全面に強力な接着剤をぬりたくった。コックピットに電線を張りめぐらし、プロペラには、つんつん立った毛を、植えつけた。
　準備がすべて整うと、イアン整備士長は夕食もとらず、飛行機の車輪の下にかくれた。グレムリンは、夜明けに動きまわることで有名だ。こうして待ち伏せすれば、彼らが襲ってくるのを見過ごすことはない。
　イアンは、油じみのある古い毛布にくるまり、ふるえながら一夜を過ごした。彼の部屋は、格納庫の中２階にある。冬は寒いが、これほどの寒さを感じたことはなかった。
　だが、何時間経（た）っても物音ひとつ聞こえず、何の動きもない。もしかして、グレムリンどもは今夜の襲撃を中止したのか。
　夜が白々とあけてきた。イアンは疲れ果て、金属の手すりにつかまりながら、中２階の控室へ戻った。

（帰ったら、すぐコーヒーを飲んで暖まろう）

　だが、ドアのとってが回らない。ねじまわしでくぎをはずしてドアをあけると、コーヒーポットに突進し、ぎゃっと声を上げた。

　ポットのもちてが、燃えそうに熱い。

「あっつつつ！」

　イアン整備士長は流しにかけ寄り、手を冷やそうとした。そのとき、どこからともなくフライパンがとんできて、イアンの顔に当たった。

　ラジオのスイッチがつき、ドイツ軍の宣伝放送が流れてきた。無数の歯車が床を転がりだした。ベッド、風呂場、オーブンからも、グレムリンの一団がぞくぞくと姿を現し、家具を倒し、ジャムのびんを床に落とし、かべに悪臭を放つ泥を投げつけだした。グレムリンたちは一晩じゅう、ここにかくれて、待ち伏せをしていたのだ！

　（よくも、やったな！）

イアンは床に落ちたびんや本をよけながら突進した。

グレムリンたちは、さっと腕を組んで攻撃をよけようとする。どの顔も恐怖にゆがみ、真っ青だ。

ここには逃げ場がない。窓もドアもないのだ。

グレムリンたちは、ベッドの向こうで、ふるえている。

（おれの勝ちだ！）

イギリス空軍のイアン整備士長はほっとすると、ベッドの上にとびのった。そのとたん、天井に頭をぶつけ、大きなたんこぶをつくった。頭をおさえながら、グレムリンを追って階段をかけおり、格納庫に出た。グレムリンたちが、一機を離陸させようとしている。

整備士長は急いで追いつくと、別の飛行機にとびのった。

「おまえら、地の果てまでも追ってやる！」

アクセルを踏むと、機体が激しく後ろに傾いた。コントロールを失った飛行機は勝手に加速し、アスファルトのみぞに突っこんだ。

気がつくと、こわれた飛行機のまわりに、グレムリンたちが集まり、みんなで眉をひそめて、心配そうにイアン整備士長をみつめている。

イアン整備士長は、はっとした。

グレムリンたちのいたずらなんて、悪気がないものばかりだ。

このとんでもない妖精たちは、人間に遊んでほしいだけらしい。

（さあ、こいよ！　遊んでやるぞ）

イアンは両腕をひろげ、近くにあったこん棒を拾い上げると、大笑いした。グレムリンたちはあとずさりし、逃げだそうとした。どうやら、イアンの気持ちを誤解しているようだ。イアン整備士長は着ていた白いシャツを脱ぎ、棒の先に巻きつけた。そして、降参の白旗のつもりで、グレムリンの目の前でふりまわした。

グレムリンたちのあいだから、拍手がわき起こった。

「おまえら、いたずらは、ドイツ軍の基地でやってくれ。頼むよ！」

イアンの訴えに、グレムリンは顔を見合わせ、ささやき合った。

「人間て、ばかだよな。戦争なんかして、殺し合うなんて」

「おれたちゃ、せいぜい口げんかをするだけなのに」

「おれたちのモットーは『笑え、楽しめ、傷つけるな』だもんな」

「ここみたいな楽園を、誰が離れたがるもんかよ、人間さん！」

　グレムリンのギュスタボラールは、イアンに向かって、きっぱり首を横にふってみせた。
「あいにくだけど、人間さん。あんたの頼みは聞けないぜ。ここほどすてきな遊び場は、ほかにないもんな！」

＜ふしぎ通信＞

グレムリンの像

ロワール・アトランティック県の「シャペル・ド・ベトレーム（ベツレヘム教会）」には、彫刻家ジャン＝ルイ・ボイステロ作のグレムリンの彫刻がいくつもあって、訪れる人々を驚かせています。教会の南西部の尖塔の、雨どいの頭の部分がグレムリンの顔なのです。礼拝堂の改築時に、ボイステロはこの彫刻のグレムリンを、人間の邪悪な行動によって生まれる悪魔の象徴としました。ジョー・ダンテの映画からヒントをえたとされ、神話の側からも、現代文化の側からも、すばらしい作品と言われています。

海を渡ったグレムリン

アメリカのミネソタ州で民間航空パトロール隊では、なんとグレムリンが記章になっています。小さな怪物が大きな海を渡って生きつづけている、というお話。

誰のせいかな？

機械が大好きな小妖精とは、きばつなアイデアですね！　第二次世界大戦中の飛行機は、現在の飛行機とはまったくちがいました。当時は科学技術は発展中で、故障はふつうのことだったのです。

英国航空隊でも、戦闘機の故障はしょっちゅうで、彼らは、グレムリンのせいにしました。なんでもグレムリンがやったといえば、責任のがれができますからね。

グレムリンの性格

グレムリンは、以下のような性格だと言われています。
いくつもの証拠がありますから、かなり正確と考えてもいいですね。

●いたずら好きで、根っからの悪者ではない。
●機械が大好きで、じつはやさしい怪物らしい。
●小さく、背が低いので、どんなところにも入れるのが、特技のひとつ。飛行機の中に入りこんで、エンジンを修理することもある。

映画に登場するグレムリン

　グレムリンが出てくる映画はたくさんあります。最初は、英国の有名な作家ロアルド・ダールが、ディズニーにアニメ映画を提案しました。ダールの脚本では、グレムリンは、いたずら者の怪物で、自分たちの領土を守るために戦います。残念ながら、この企画は実現しませんでした。1984年、制作総指揮スティーブン・スピルバーグ、ジョー・ダンテ監督の映画『グレムリン』が公開されました。この作品のグレムリンは、小さな怪物で、一般的な伝説のグレムリンよりずっと恐ろしいものです。ダンテはディズニーの『白雪姫』を見ているとき、グレムリンの映画を作ろうと思いたったのだそうです。献辞にダールの名前を載せています。

一角獣の涙

2013年9月13日金曜日——パリ5区のクリュニー中世美術館で

パリのクリュニー美術館は、大にぎわいだ。

1階のロビーでは、小学生の子どもたちが売店で買った絵はがきやグッズを見せ合って、はしゃいでいる。

子どもたちが、先生に連れられて2階への階段を上がりだした。6枚1組になったつづれ織りの壁かけ「貴婦人と一角獣（ユニコーン）」を見学するためだ。階段を上がると、円形の展示室がある。

子どもたちが、壁かけの前に集まると、老ガイドが近づいてきた。

「これって、ほんとに『一角獣』なんですか？　ひげが、ヤギみたい！」

一人の男の子が叫ぶと、別の子が言い返した。

「ヤギじゃないよ、イヌだ。その女の人が、ペットのイヌの頭に、角をのせて、お祭りの仮装をさせているんだ」

「どっちにしても、おとなしそうなやつだよな」

最初の子が言い、

「しい！　しずかに！　ここは美術館ですよ」

先生が小声でたしなめる。とたんに、

「一角獣はペットじゃないぞ！　たくましく美しい野生の動物だ」

老ガイドが、子どもたちに指をつきつけて、叫んだ。

次の瞬間、子どもたちも先生も、あっと小さな声を上げて、その場に凍りついた。壁かけの図柄がとつぜん、波のようにゆれだしたのだ。色がまじり合い、もようがみるみるぼやけていく！

ゆれがおさまると、血に染まった角をはやした、大きくたくましい一角獣が現れた。

子どもたちの鼻に森の香りが広がっていく。土の香り、春の若葉の香り、かしの樹液の香り。そして、ほおをなでる春風。美術館の展示室がそのまま森に変わった。先生も子どもたちも、目を見張って、老ガイドを見つめた

「では話そう。イセルダという娘が出てくる、はるか昔の物語だ」

ガイドは、白髪まじりの口ひげにふれると、語りだした……。

イセルダは、森の道を、エプロンのポケットに手を突っこんで、元気に歩いていた。ポケットには、市場で買った小びんが１本。イセルダはその朝、母から市場へ行って、弟のために、一角獣の角の粉末を買ってきてと頼まれたのだ。

どうやら、村の女医者に、弟の病気には一角獣の角の粉末が効くと聞いてきたらしい。よくお祈りをしてから、粉末を二つまみ、新鮮なバラ水にまぜて、飲ませる。それでイセルダの弟の病気は治ると。

イセルダはほほえんだ。一角獣の角の粉末はすぐ見つかったし、売り手は、親切にも値引きしてくれた。思ったより早く用がすんだ。

イセルダは、恋人のかじやの家に寄っていくことにした。

（とつぜん顔を出したら、あの人きっと、大喜びするわ）

イセルダはうきうきしていたので、森が異様にしずまり返っているのに、気づかなかった。来るときはさかんに聞こえていた鳥のさえずりも聞こえない。わずかな風が、木の葉をゆらしているだけだ。

そのとき、大きな節くれだった手が、茂みの枝をそっとかきわけた。一人の盗賊が、イセルダが近づくのをじっと待っている。

（きちんとした身なりの娘っこだ。手をエプロンのポケットに突っこんでいるのは──もちろん財布だよな）

盗賊は、がさがさしたくちびるをゆがめて、にやりと笑った。

だが、イセルダは、ぜんぜん気づいていない。

イセルダは森の道を、ひたすら歩きつづける。やがて日ざしの向こうに、三角岩がある野原が見えてきた。３つめを過ぎれば森の出口だ。恋人の家は、そのすぐ先にある。

　イセルダはうきうきと歩きつづけ、ふと立ち止まった。なんだか、とてもまぶしい。思わず目を閉じ、ゆっくりあけ、息を飲んだ。

（これは——夢？）

　目の前に、1頭の、大きな、美しい野生の生き物が立っている。

　らせん状に巻いた角が1本、日光を受けて、きらきら輝いている。

（こんなにすばらしい生き物が、この森に住んでいたなんて！）

　イセルダはため息をついた。純白の毛並みは、冬の朝に降る雪のかけらのように、きらきらと太陽をはねかえしている。伝説の一角獣だ。

　イセルダは、一角獣をじっと見つめた。まるで魔法のように現れたのだ。もし目を離せば、とたんに消えてしまうかもしれない。

　美しい野獣は、優雅なしぐさで首を下げ、緑の草を食みだした。

　イセルダはポケットの小びんをにぎりしめ、一角獣に近づいた。「弟が重い病気なの。お医者様からあなたの角の粉末が効くと言われて、この粉を買ったのよ。でも、いくら人の病気を治すためとはいえ、あなたのように、美しくてすばらしい生き物を殺して、その角を取るなんて！　ごめんね、ほんとにごめん！」

　一角獣は逃げようともせず、美しい耳を傾けて、イセルダの言葉を聞いている。だが、イセルダがおずおずと手をのばし、純白の毛並みにふれようとすると、とつぜん背を向けた。彼女はその後を追って、森を走り出した。一角獣はいったいどこへ行こうとしているのだろう。

　茂みのなかから、それを見た盗賊は、ぺっと、つばをはいた。

　盗賊は一瞬、銃を撃ち一角獣をしとめようと考えた。一角獣の皮を売るほうが、あんな小娘の財布をとるより、ずっと金になりそうだと。

　だがすぐ思い直した。一角獣は足が速い。ふつかよいの体ではとても追いつけないだろう。やっぱり、あの娘を襲うことにしよう。

　盗賊は、イセルダが茂みを通り過ぎるとすぐ、後を追った。重い足音に、イセルダはうしろを振り返り、ぎょっとした。

（逃げるのよ！　逃げなくちゃ！）

　イセルダは全力で走った。だが盗賊はずんずん追いついてくる！

「助けて！　お願い！　だれか──助けて！」

　イセルダは泣き叫んで走りつづける。だが、森には誰もいない。

　とうとう、小石につまずいて、思いきり転んだ。

「よおし、つかめえた！」

　盗賊の勝ちほこった声が、森にひびきわたった。

（ごめんね、お母さん。薬をもって帰れなくて……）

　イセルダは心のなかで母にわびた。一角獣の角の粉末を飲めなかった弟も、まもなく死ぬはずだと思うと、つらすぎて泣けない。

（ああ、神様。あわれな母と弟にお力を）

　イセルダは、祈るしかなかった。盗賊は大きな手でイセルダのえり首をつかみ、木の幹に押しつけるとニヤリと笑った。

「ポケットの財布を出せ、あまっ子。さもねえと──」

　盗賊がおどす。イセルダは恐ろしさで気絶しそうになった。

　ところが次の瞬間、盗賊の笑い声が急に小さくなり、イセルダのえり首から手が離れた。見ると盗賊が、どさっとしりもちをつき、口をぱくぱくさせている。荒くれ男の盗賊は、イセルダが目を丸くして見るあいだにも、首をがくんとたらし、息絶えた。

　なんという、不思議！

　一角獣が、角の一撃で盗賊を倒し、イセルダを救ってくれたのだ！

　イセルダは、森のしめった土の上に座りこんで泣き出した。

　一角獣はそのわきに横たわり、イセルダのふるえるひざに頭をこすりつけた。

　イセルダはやがて泣き止み、一角獣の純白の毛並みをなでた。体のなかに、一角獣の力が波のように広がっていく。ふるえが止まった。

　イセルダは、自分がおだやかな力に包まれているのを感じた。

「ありがとう！　一角獣。あなたはほんとうに強いのね。わたし、今まで、一角獣は弱い生き物だとばかり思っていたの。でもあなたほど強い一角獣なら、どんな腕のいい猟師でも倒せやしないわ！」

　一角獣は、イセルダの目をじっと見つめた。

　イセルダは、せきこんでつづけた。

「わたしが市場で買った粉は、にせものなのね！　あんなもので、わたしの弟の病気は治せないんでしょ？」

　一角獣はゆっくりと首をたてにふると、前足でイセルダの手を持ち上げ、そのてのひらにはらはらと涙を落とした。

「つまり──ほんとに効くのは、あなたの涙だったの！」

　イセルダは目を丸くした。一角獣は立ち上がり、あたりを見回すと、ゆっくり森に帰っていった。

イセルダはポケットの小びんに、そっと一角獣の涙をおさめた。

（ああ！　これで弟は助かる！）

イセルダは立ち上がり、盗賊の死体はそのままに、家路を急いだ。

この日を境に、イセルダのなかで、何かが変わった。魔法と、今や失われかけている、美しい伝説の世界を信じるようになったのだ。イセルダは、その心を一生、もちつづけた。

　美術館の老ガイドは、口ひげをなで、言葉を切った。円形の展示室のなかでは、先生と子どもたちが、身動きもせず立っている。壁かけの柄は、いつのまにか、もとに戻っている。だがみんな、この日のことは一生、忘れることはないだろう。

　明るい美術館の展示室がとつぜん、遠いむかしの伝説の世界に変わった、この日のことを。

＜ふしぎ通信＞

科学者と一角獣

　一角獣のイメージは、16世紀の偉大な医師アンブロワーズ・パレが最初に発表し、多くの科学者が信じることになりました。その角の粉と称するものが市場で売られ、また絵画や壁かけ「貴婦人と一角獣」によって、実在すると思われていたのです。

高価な宝物

　市場で売られている一角獣（ユニコーン）の角の粉は、じっさいには海にすむイルカの仲間「イッカク」の、らせん状の角の粉でした。一角獣の角の粉は、重い病気に対して、魔法のように効くと信じられていたので、その角の粉はあちこちで、とても高価に売られていました。イッカクは16世紀に乱獲され、現在では絶滅危惧種に指定されています。

紋章になった一角獣

　一角獣はイギリスのスコットランド、カナダのオンタリオ州などの諸地域の紋章に登場します。それは純潔と「降伏より死を」という騎士道精神の象徴です。イギリスの紋章で一角獣は、イギリスを象徴する獅子の横に置かれ、スコットランドを表します。

一角獣の角の効用

　一角獣の角は、薬剤師によって売られ、さまざまな効能があるとされていました。悪い魔術をとき、病気を治す力があると言われていたのです。毒が一角獣の角の粉にふれたとたん、粉は煙を発し、すべての毒殺のたくらみをくじくと信じられていたのです。

大王
アレキサンダーの
一角獣

　アレキサンダー大王は12歳のとき、父のマケドニア王から1頭の、素晴らしい荒馬をもらいました。アレキサンダーは、その馬が自分の影におびえる性質があるのに気づき、常に馬の頭を太陽に向けるようにして乗りました。ブケパロスと呼ばれた、その勇かんな馬は、アレキサンダー大王とともに戦い、数々の戦勝をもたらしました。そのひたいの毛には、牛の角の形をしたもようがあったと言われています。多くの画家が、アレキサンダー大王の愛馬ブケパロスに一角獣の角をつけて描くのは、こんなわけがあったのです。

世界幻妖草子

2018 年 1 月 20 日　初版発行

著　者　　ミュリエル・チュルしャー

イラスト　　橋 賢亀

訳　者　　岡田 好恵

装　幀　　内田 由

発行者　　竹下 晴信

発行所　　(株) 評論社

　　　　　〒 162-0815 東京都新宿区筑土八幡町 2-21

　　　　　電話　営業　03-3260-9409

　　　　　URL　http://www.hyoronsha.co.jp

印刷・製本　中央精版印刷株式会社

ISBN978-4-566-02457-1 NDC953

Japanese Text © Yoshie Okada & ill Katsukame Hashi 2018　Printed in Japan